胸に突き刺さる恋の句

女性俳人百年の愛とその軌跡

谷村鯛夢
TANIMURA Taimu

論創社

胸に突き刺さる恋の句——女性俳人百年の愛とその軌跡

目次

第二章

「青鞜」が発信した挑発的恋愛句

鳴神や、仁王の臍の紙礫。

第二章 大正から昭和へ

競り合うかな女、久女と「主婦」の誕生

呪ふ人は好きな人なり紅芙蓉
花衣ぬぐやまつはる紐いろ〳〵

第四章

昭和から平成へ百花繚乱

多佳子、鷹女、信子、真砂女、はん女……

雪はげし抱かれて息のつまりしこと

ゆるやかに着て人と逢ふ螢の夜

死なうかと囁かれしは螢の夜

香水やその夜その時その所

エピローグ　俳句で表現することの尊さを知ってほしい

プロローグ

女性俳人、百年の軌跡

✿ままならぬもの、それは恋と社会規範

皆さんご存知のように、順当な生活、順調な人生から「芸術」は生まれません。そうではなくて、順調とはそれこそ真逆の、逆境、何らかの不満、不遇、不平、うっ屈、閉そく感、こういったものこそが芸術の両親なのです。

言葉をかえれば、自分の思うようにならないこと、自己実現を阻《はば》むもの、そうしたあれやこれやが、うっ屈感や不満感、不足感を生み、表現活動のエネルギーとなっていくわけです。

そして、そうした「ままならぬもの」の代表が「恋」ということになるでしょうか。

我が恋は林檎《りんご》の如く美しき

これは明治の中期に、北陸金沢に現れた俳句好きの美少女が結婚を目前にしたときに詠んだ、若干の不安含みで詠みあげた初恋の絶唱。この女性は、生前の正岡子規に会った唯一の未婚の若い女性俳人、といわれています。

鳴神《なるがみ》や、仁王の臍《へそ》の紙礫《かみつぶて》。

決して誤植ではありません。このように、もとより句読点付きで表現された、豪快な一句。すべての男たちを挑発するかのようなこの異色の恋の句は、あの「青鞜《せいとう》」の平塚らいてうが明治後期にものした一句。男ってどうよ、というニュアンスが五七五の器からあふれそうです。

花衣《はなごろも》ぬぐやまつはる紐《ひも》いろ〳〵

これは、俳句愛好者以外にもよく知られた、大正から昭和初期を代表する女性俳人杉田久女《ひさじょ》の、「思い」を込めた一句。その「いろいろな紐」に託した彼女のうっ屈、不満、不遇感は、とりわけ明治以降、昭和戦前までの女性俳人に共通する原初の感情といってもいいでしょう。

あるいは、その屈託からの突破を試みて、エッジの効いた表現を展開した三橋鷹女《みつはしたかじょ》には、マニフェストのような恋の句がありますね。

鞦韆《しゅうせん》は漕《こ》ぐべし愛は奪ふべし

千万年後の恋人へダリア剪《き》る

鞦韆とはブランコのこと。こういうむずかしい漢字を好む俳人もいます。

桂信子は、肩ひじ張らずに柔らかく軽く、かつ強靭に受けとめての恋の宣言を一つ。

ゆるやかに着てひとと逢ふ螢の夜

なにしろ、戦前までの教育制度では一二歳以降は男女別学ですし、どんなに頭がよくても基本的に女性は大学には行けませんでした。女に教育は邪魔。これが世間の常識だったのですから。

もうひとつ、明治憲法下の戦前の女性は、「家制度」の中で絶対的な権力を持っていた家長のもとで自由に結婚ができませんでした。

こうした「ままならない」社会規範の中で、「ままならない」恋の思いを、愛の経緯《いくたて》を、これまた五七五という制約のある俳句という形で表現しようとした女性たちは、逆にいえば、皮肉なことに、もっともすぐれた芸術を生む環境にいた、ということになるでしょう。

また、こうした戦前までの社会規範は、「良妻賢母」という強固な倫理モデルをつくりあげ、夫と死別したあとも妻がその枠内から出ることを拒みます。

雪はげし抱かれて息のつまりしこと

よく知られた橋本多佳子の恋の一句。美貌の未亡人多佳子の、切迫感あふれるこの一句について、多くの人が「夫を亡くして長い時間を経ているのに、いまも亡きひととの愛のひとときを思い出し」というふうに解説してきたということが、逆になんとも不自然な感じがして仕方がありません。「思い出」よりも「いま」を詠む、それが俳句だとよく言うのに、ですね。

いずれにせよ、女性を取り巻く理不尽な社会状況の中、自由に恋することもままならなかった時代、自らの思いを表現するという行為にかけて、五七五の十七音に託した先輩女性たちの一句一句は、句の巧拙《こうせつ》、好き嫌いを超えて私たちの胸に突き刺さり、魂を揺さぶる迫力に満ちています。

✿昭和七年の「婦人画報」新年号に見る女性俳人の数

現在、俳句人口は一千万人超、しかも、その七〇パーセント近くは女性だろうといわれています。「俳人」という肩書を持つ人たちの三つの団体でも、俳人協会、現代俳句協会の約六四パーセント、伝統俳句協会の約七四パーセントの会員が女性です。

各地の俳句大会の投句者も女性が主流ですし、各種の句会、俳句サークルなどでも参加者の半数以上が女性。いまや、伝統文芸の王者である俳句は女性が担っているといっても過言ではありません。

ところが、時間をわずか七、八〇年さかのぼると、様相はまったく違ってきます。まず、そのあたりの話から始めることにいたしましょう。そうすることで、おのずと本書のモチーフとテーマが浮上してくるはずです。

二〇〇三年、私は、アシェット婦人画報社（当時）で、二年後に迎える百周年に向けての「婦人画報創刊一〇〇周年記念事業委員会」に関わっていました。

「婦人画報」という女性誌は、明治の文豪のひとり国木田独歩《くにきだどっぽ》が、明治三八（一九〇五）年に創刊した雑誌です。百年を超えて、いまもメジャーな雑誌のひとつであり続けている希有な存在です。

この「婦人画報」創刊の明治三八（一九〇五）年は、司馬遼太郎が『坂の上の雲』（文春文庫）でも描いた日露戦争が終わった年で、本書でも大きな節目となる年として位置付けることになります。

そして、日露戦争の報道に全力を尽していたジャーナリスト独歩は、これからは、たとえば戦争も、『坂の上の雲』の主人公、秋山兄弟のようなプロの軍人同士の戦いだけでなく、国の総力を挙げた戦争になるだろう、ということに気がつきます。そのときに後れを取らないためには、つまり世界の先進国であるためには、女性のレベル向上が絶対に必要である、として「婦人画報」を創刊したのです。

そのとき『武蔵野』の詩人であり、かつ名編集者、すぐれたジャーナリストであった国木田独歩の胸中に浮かんでいた「上質な婦人像」、それはたぶん、明治三四（一九〇一）年に創立されたばかりの日本女子大学校に通うような、さっそうとした女子学生、高等教育を受け始めた女性たちだったのでしょう。創刊当時の「婦人画報」の巻頭写真ページには、女子学生たちのさまざまな活動の様子がレポートされています。

さて、「婦人画報」創刊百周年まであと二年となったある日、私は基本データとして創刊号からの目次を見ておこうと思い、社内の資料室に入りました。

明治、大正とバックナンバーを繰り、さらに時代が下って昭和に入り、昭和七（一九三二）年の新年号。そこに、「代表女流名鑑」という、いかにも「婦人画報」らしい特集がありました。「名鑑」という文言のニュアンスは、なんとも日本のセレブを言いえて妙です。

この「名鑑」に名前が載っている女性たちこそ、昭和七年当時の日本の女流各界のトップにほかなりません。掲載者数、ざっと一〇〇〇人。

名流婦人名録を「あ」の項から繰っていきますと、名前と簡単な肩書とプロフィールが記載されています。これを見れば、当時の女性がどういう分野で、どこまで活躍の場を広げていたのか、ということもわかります。

読んでいるうちに、次第にアレ?という感覚が湧き上がってきました。「淡谷のり子・声楽家ソプラノ」「上村松園・日本画家」「宇野千代・作家」「岡田嘉子・映画女優」「清《きよ》棲《す》敦子・伯爵清棲幸保夫人、伏見宮第二王女」……、俳人、という肩書を持つ女性が、なかなか出てこないのです。

現代の感覚からすれば、ほんとに、アレ?と思うくらい、少ない。私も現代俳句の世界の片隅にいるものですから、俳句の歴史も一応頭に入っています。そういう感覚のもとでは、昭和七年だと、「日本の名流婦人一〇〇〇人」の中に入っていてもいい女性俳人(当時は女流俳人と呼ばれていたわけですけれど)が、もっといてもいいのではないのか、という違和感があったわけです。

結局、その「アレ?」という感覚に誘われて、一〇〇〇人の中に俳人という肩書を持った名流婦人が何人いるのか数えてみることにしました。結果、なんと、わずか五人。一〇〇〇人のうち、たった五人です。かたや、歌人のほうは六八人。俳人の一四倍。この差はどういうことなのでしょうか。

婦人画報の「名流婦人一〇〇〇人」のセレクトは、当時のある程度の見識を背景にしたものであったはずです。そういう企画の中で、この数字は、どう考えればいいのでしょう。

正岡子規が俳句の近代化を図り、世の中も文明開化に突き進んだ明治半ば以降、そして工業化が進んだ大正時代を経て、昭和七年までの三〇数年という時間経過の中で、社会的に認められている女性の俳人がもっといてもいいのではないか……。

いや、たった三〇数年くらいの時間経過の中では、いわゆるプロといわれるような女性の俳人、女性俳人といえばこの人、という存在は、ほとんど生まれなかったのか。

実は、この「代表女流名鑑」に登載された女性俳人の数こそが、当時の女性俳人の社会的な位置についての〝リアルな数字〟だったのだと思います。

それくらい、俳句をやる女性は少なかった。日本の女性が手に入れた自己表現の手段としての女性俳句の歴史は、驚くほど浅い、ということが実感できました。実際には江戸時代から俳句をやる女性がいた、といっても、それはいわば考古学的事実であって、現代史につながるものとはまた別の議論ではないのか、と気づいたのです。

❁「やらせていただく」俳句

正岡子規以降、数十年という時間を経た昭和七年でも、社会的著名女性一〇〇〇人の中で「俳人」という肩書がついているのは〇・五パーセントの五人という、この数字。これは、俳句関連の書籍や専門雑誌だけを読んでいると、決してわからない感覚です。昭和七年といえば、竹下しづの女《じょ》は？　阿部みどり女は？　長谷川かな女は？　杉田久女は？　活躍していた女性の俳人はたくさんいたはずでは？（それにしても、〇〇女という俳号ばかりですね、いまはほとんど見かけませんけど）。

俳句業界関係の書籍、雑誌などを読んでいる限りでは、明治、大正、昭和初期から大活躍した女性俳人がたくさんいたような感じがします。でも、実際はちがう。

この感覚のずれの中に、初期の女性俳人たちの苦闘、苦心と、一方の喜びがあるのではないか。そういう思いを引き出してくれたのが、わずか〇・五パーセントというリアルな数字だったのです。

「申し訳ございませんが、句会に行ってまいりますので」

「また句会か。男ばかりの集まりなんだろう。世間の目というものもあるぞ」

「申し訳ございません。でも、句会に来られている方々は皆さん立派な先生方ばかりですから」

「どうだかわかりゃしないぞ。まったく、しょうがない奴だ。出歩いてばかりで」

「申し訳ございません」

これは、ある日の夫婦の会話。あるいは、父親と娘の会話。

歌会ならば、もともと女性が多いという伝統の中で、それに参加することも比較的楽というか、当たり前感覚があったのでしょうが、男の世界とされてきた俳句の集まりに女性が出かけるとなると、そうはいかなかったようです。

あるいは……。

「申し訳ございませんが、句会に行かせていただきます」

「なに、また句会か。夕食の支度はどうなっているんだ」

「できておりますから」

「子どもたちは風呂に入れたのか」

「ちゃんと言い聞かせてありますから」

「父上や母上の世話はどうするんだ」

「大丈夫かと思いますけれど……」

「まったく、しょうがない奴だ。何が面白くて俳句なんぞやるんだ。ちょっとばかり教育を受けたからといって、いい気になっているんじゃないだろうな」

「申し訳ございません」

これは、ある日の妻と夫の会話。

現代からみれば、いったい何が「申し訳ない」のかまったくわからないかもしれませんが、「家制度」が前提にあった昭和戦前までは、このように女性が何かをする、とりわけ社会的な何かに参加するというときは、「家長（ほとんどが父親）」や夫の許可を得なければならない、許可なしにはできない、というのが基本的な状況でした。

つまり、「やらせていただく」システムの中で、何かをする、というのが女性たちの生活のルールでした。

そうした制約の中で、自分が自分であることの表現のために俳句という新しい手段を選びとった女性たち。その女性たちの苦闘と喜びの中から、現在の「女性俳句全盛時代」が始まったのではないか。ただ単に、立派な指導者がいて、優秀な弟子がいて、すくすくとこの分野が成長してきましたというわけではないだろう。そこをもう少し明らかにしておきたい……。

昭和七年「婦人画報」新年号の「名流婦人一〇〇〇人」特集の中の数少ない女性俳人の名前を見つめながら、私の中にそんな気持ちが湧き起こってきたのです。

❁「主婦の友」が果たした役割

「名流婦人一〇〇〇人」の記事から一五年ほど時間をさかのぼった大正初期の俳句の世界では、正岡子規の後を継いだ高浜虚子《たかはまきょし》が、その拠点俳句誌「ホトトギス」の中に婦人向けの俳句欄を作り、女性俳句の大衆化の道を開いています。

ちなみに夏目漱石の代表作『吾輩は猫である』や『坊っちゃん』は「ホトトギス」に掲載されたもので、これは名編集者・名プロデューサー虚子の面目躍如というべき企画。

そして、虚子は、大正六年創刊の「主婦の友」（創刊時は「主婦之友」）に、大正一一年から読者の投稿による「俳句欄」を作ります。これも、名企画。さすがです。

俳句をさらに大衆的に広めるには、業界専門誌である「ホトトギス」のような俳句誌ではなく、大部数を持つ雑誌とタイアップする。そこで自ら選者となる。あるいは弟子を選者として送り込む。師匠としての自らの名も上がるし、「ホトトギス」の名もさらに上がる。結果、俳句の隆盛につながる……。

もちろん、それだけではなく、世相を読むことに長《た》けていた高浜虚子は、時代全体をきちんと読んでいたのでしょう。

教育の普及と共に生まれた、あるいは工業の発展による社会構造の変革によって生まれた「主婦」ということばに代表される、女性の新しい層。上流の女子だけでなく、この新しい中流の女性たちは、さらに強く自分を表現することを望んでいるのではないか。

それまでの第一次産業の嫁、農家、漁業の嫁たちは、まず妻であり、舅、姑にとっては家の嫁であり、子どもの母であり、何よりも労働力でした。そういった女性たちにとっては、サラリーマンの妻となり、妻の役割と家事と子育てだけに専念できる主婦というのは、憧れのポジションだったはずです。

かっこいいことばとしての「主婦」。社会の中流としての主婦という新しい生き方。

仕事で自己実現を目指すのが主流になっている現代では理解しづらいかもしれませんが、「主婦の友」の大発展の根底にはそういう女性たちの夢があったのです。

　また、その夢や感覚をうまくすくいとった編集者の企画力や経営方針は、主婦と呼ばれることがうれしい新しい読者たちにとっては、毎号輝かしかったことでしょう。

　そして、こうした女性たちに普及しなければ、女性俳句の発展はない。虚子はそう考えたにちがいありません。

　一方で、明治、大正、昭和初期に「ホトトギス」のような俳句結社に参加し、虚子のような主宰者に指導を受けた、いわゆる「俳人」と呼ばれる女性たちの中で、自由な自我の表現を欲しながら、表現活動と家庭の二律背反《にりつはいはん》情況に深く悩む人が何人もいたのです。

　どれだけ教育があっても、結婚すれば家に縛られ、夫と子どもに縛られ、思いと実態とがかけ離れていく時代。そのことにうっ屈を感じる女性俳人たちがいましたし、実際、存分に俳人としての表現活動が出来る、という女性はほとんどいなかったはずです。

　それが、万葉以来の伝統を持つ和歌（短歌）にたずさわる女性歌人と、女性の参入を認めてまだ時間を経ていない俳句の世界の中の女性俳人の数の差となり、昭和七年の時点で「婦人画報」の「名流婦人」企画に取り上げられた歌人と俳人の数の差にそのまま反映されていたのでしょう。ちなみに、この「婦人画報」も昭和初期から読者投稿「俳句欄」を始めます。

いずれにしろ、こうして大正一一年に「主婦の友」に読者投稿俳句欄が出来て以降、俳句専門誌による女性俳人の句と、商業誌、女性誌の投稿欄に投句する女性たちの句が、女性の俳句表現として並存することになりました。

ですから、それぞれにそれぞれの読者層を摑《つか》みながら、長く女性誌のメジャーとしての歴史を歩んできた「主婦の友」と「婦人画報」に俳句がどう扱われてきたのか、ということがわかれば、俳句誌や句集に発表された専門俳人の句の流れだけではない、いわば女性俳句の全体像が見えてくるのではないか、と思うのです。

さらに、両誌の投稿俳句欄の選者に誰が立ったのか。この点もある意味、女性俳句の歴史の重要なテーマだったのではないか、ということも指摘しておきましょう。その点はエピローグで触れますので、ぜひ最後まで読んでいただきたいと思います。

✿時代の空気の中で読む恋愛句

本書のもう一つの主題は、まず、女性の恋の句を時代の空気の中において読んでみようということにあります。俳句は現代日本で最も多くの女性が関わっている文芸でありながら、その歴史は短歌などに比べて非常に短い、つまり一般的になってきたのはわずかここ七〇年、八〇年にしかすぎません。

その期間の中で、先輩女性たちが苦闘し、また楽しみながら、俳句という表現手段をどうやって自分たちのものにし、広げてきたのか、ということへの注目です。

ご存知のように、女性は日本の近代百年の中で、男性に比べて多くの社会的制約を受けながら生きてきました。自分の考えを自由に表現することもままならない、そうした制約の多い、いわば長い「負の時代」の中で、先輩女性たちは、ときにひとりで、ときにグループで「自由な、自分らしい表現」を獲得するためにさまざまな活動をし、さまざまな作品を作り、発表してきました。

そうした作品の中で、恋や愛をテーマにしたものには人間の最も原初の感情が表現されています。恋や愛という事象は、隠しようもなく、その人の本質、原質が現れてくるものだからです。まさに、小倉百人一首の「しのぶれど色に出でにけりわが恋は……」ですね。

元来、詩というものは恋愛の喜び、悲しみ、悩みを盛り込む器でした。そして、俳句ももちろん、詩であることはいうまでもありません。ですから、俳句で恋や愛を詠もうとするのはしごく当たり前の成り行きです。

しかし俳句は、世界で一番短いともいわれる短詩形。同じ短詩形の和歌に比べても半分ほどという短さですから、省略につぐ省略をします。そして最終的には読む相手に「解釈はゆだねますからよろしくね」、という形にし、はっきりとこうだと言わないことを旨としています。

ですから、思いを伝えなければならない恋や愛の表現には、俳句はどうも似合わないのではないか、とされてきたきらいがあります。

そういう中で、従来のような「和歌・短歌」ではなく、「言わないこと」を本質とする俳句、つまり「それを言っちゃーおしめえよ」の俳句をあえて選んだ女性たちは、自らの恋と恋心を、愛を、愛の始まりと終わりを、どのように表現したのでしょうか。

その経緯を、時代の織り成す背景の中で、醸し出す空気の中で、たどってみたい。たとえば、その句が作られたときには、どういうものが流行っていて、女性はどういう社会的な位置にあったのか。どんな学校に行き、どんな小説を読み、どんな雑誌を読み、どんな歌を聴き、歌い、どんなファッションをしていたのか。

出来るだけそういう「時代の情報」を交差させ、その交差点に同じ時代の情報として女性の恋の句を、ポンと置いてみたい。そんなふうに恋の句を受けとめてみたい、と思うのです。

「時代の醸し出す空気」という言い回しをしましたが、その時代とは、もちろん、女性と俳句の距離が近くなった明治中期以降の、この百年をさしています。

ついこの間のできごとだと思っていたことが、年表に入れてみると、ええ、それってもう明治に出来ていたのか、とか、ずっと前からあったと思っていたのに、出来たのは昭和の中ごろだったんだね、といったことがよくあります。

同じように、「時代の空気」の中にポンと置いてみると、へえ、この俳句、そういう時代に作られたものだったんだねというふうに、俳句の業界、専門的な分野だけの話や師弟関係だけではよく伝わらない時代の言葉、時代の表現のリアリティまで立体的に受けとめられるのでは、と思うのです。

恋の句にしても、結婚するには親の許しがいるということが民法で定められていた戦前までと、両性の合意にもとづいて自由に結婚ができる現代とでは、心の切迫感のありようがちがってくるでしょう。

もちろん、すぐれた文芸作品、芸術作品は時代を超える普遍性を持つというのは周知の事実ですが、そうであっても、人間の表現行為の結果としての作品には、どこかしら時代の影がさしているはずです。

そしてそこから、恋心だけでなく、きっと、彼女が生きた社会の空気、匂い、湿気、そして本質のようなものまで、浮かび上がってくるのではないか。出来れば、それを読者の皆さんと一緒に受けとめたい。一緒に、読み取りたい。

それが、女性誌に長く関わり、さまざまなご縁を得て、いま、中学生たちに俳句の授業をする中で現代の女子たちの恋心に直面することになった私のミッションかな、といえば大げさでしょうか。

第一章

我が恋は林檎の如く美しき

女性俳句の夜明け前

子規と北陸の美少女の伝説

❋俳句は男の世界、だった

俳句は「座」の文芸である、といわれます。一人の宗匠を中心に、何人かが集まって句を作り、披露し合う。そして、批評もし合いながら、ひとつの文芸表現を作り上げていく。こういう形をもって、「座」の文芸、といわれているわけです。

これは、俳句がもともと連歌から発祥したことに関係しています。ただ現実的には、その座に集うのはほぼ百パーセントが男たち。それというのも、この俳句の「座」が、文芸創作の場でありながら、ひとりの宗匠を中心とした文化サロンでもあったからです。

そうしたサロンには、それなりの経済的余裕と豊かな教養を持っていなければ参加できません。そこに集まる人々は、たとえば江戸時代などは、武士や大店《おおだな》の主人とか、俳句のプロたち、つまり男性に限られていました。

江戸の前期、松尾芭蕉《まつおばしょう》の時代の前に、貞門《ていもん》（松永貞徳の一派）、談林《だんりん》（西山宗因の一派）の俳諧《はいかい》があり、芭蕉も、まずそうした文芸サロンの世界の宗匠、つまりプロとして立とうとしたのです。

名のある宗匠が当時の俳句愛好者たちからどれくらい大事にされたかというのは、たとえば芭蕉の「奥の細道」の旅で、各地で開かれた句会の様子でもわかります。その土地その土地の有力者、旦那たちは芭蕉が来るのを待ちかね、万全の態勢で迎え、出来れば半年でも一年でもいてほしいといった持てなしぶりを見せます。

江戸前期、元禄時代の松尾芭蕉（一六四四～一六九四年）、そのおよそ百年後、江戸中期の与謝蕪村《よさぶそん》（一七一六～一七八三年）、そして江戸中期から後期にかけての小林一茶（一七六三～一八二七年）と、江戸時代の著名な俳人の活躍が続きますが、小林一茶などは有名宗匠になるために涙ぐましい努力をしています。

「宗匠」が仕切る俳諧の「座」は、文化サロンではありながら、なにしろ「サロン」ですから、料理やお酒なども出ます。開かれるのも、夜ということが多かったでしょう。そういった男の集団の中に普通の女性が入っていくというのは、封建社会の中では、考えられなかったわけです。

たとえそこに「女性」がいたとしても、それは千代女のように尼さんになった人とか斯波園女《しばそのめ》のようなお医者さん、秋色《しゅうしき》のような商家の女あるじ、あるいは芸者さんといった特異な立場の人たちか、そうでなければ大店の大奥様といった、女性を卒業したとみなされる人たちに限られていました。

そうしたなかで、たとえば千代女の「**起きてみつ寝てみつ蚊帳《かや》の広さかな**」のような、愛する人がいなくなったあとのことを表現した艶な恋愛句（これは遊女・浮橋の句とも）もあります。これなど落語で「広ければ入ってやろうかお千代さん」と茶々を入れられるほど流布していますけれど……。

あるいは園女の「**春の野に心ある人の素顔かな**」のような、好きな人をそっと思う純情恋愛句、秋色の「**交《まじはり》を紫蘇の染めたる小梅かな**」のようなセクシャリティを感じさせる恋愛句など、女性の恋愛句がなかったわけではありません。

ただ、俳句の世界は、「思いを述べない」という文芸表現の男っぽさをいうだけでなく、表現の場、環境としても、文字どおり男の世界だったのです。

❁改革者、正岡子規の大仕事

これと似たような世界が、日本の伝統芸術の世界にもうひとつあります。代表的な伝統演劇、歌舞伎の世界です。ご存知のように、そこには〝女優〟は存在しません。

やっと普通の家の女子が女優の道を志すという端緒が出来たのが明治も四一（一九〇八）年になってのこと。この年に、日本の演劇改革をめざした川上音二郎と妻の貞奴が帝劇専属という形で女優養成所を作り、そこから誕生したのが、のちのトップスター、森律子でした。

森律子は当時の高名な弁護士の娘でしたが、女優になったことが理由で出身校の卒業者名簿からはずされました。それだけでなく、律子の弟は、姉が女優になったことをからかわれ、そのことを恥じて自殺したといわれます。つまり明治の四〇年代くらいまでの日本の「世間の空気」とは、そういうものだったのです。

直木賞作家で俳人でもあった演劇評論家の戸板康二は、その著『物語近代日本女優史』の中で、「そういう時代が、かつてあったのである」と記しています。

一方、俳句の世界ですが、こちらも男の世界であったことは、先述したとおり。戸板さんの述懐を借りるならば「俳句にもそういう時代が、かつてあったのである」ということですね。

そして、こちらの世界で演劇の川上音二郎に相当する人物は、といえば正岡子規ということになるでしょうか。しかし、残念ながら、子規は当時不治の病だった結核系の病気により、俳句改革という大仕事の途上で亡くなってしまいます。
ただ、子規という人が近代俳句の扉を開き、ひいては近代女性俳句のルーツとなったことは間違いありません。ですから、女性俳句百年、恋愛句百年の歴史をひもとく前に、正岡子規のプロフィールとその仕事の評価について、簡単に触れておきたいと思います。

時代のキーワード❶

正岡子規

【慶応三（一八六七）年～明治三五（一九〇二）年】

明治に時代が変わる前年、慶応三年に松山の士族の家に生れました。陸軍軍人になった秋《あき》山《やま》好古《よしふる》、海軍軍人になった秋山真之《あきやまさねゆき》の兄弟とは幼馴染み。これに夏目漱石らとの友情を交えて「明治の青春」を描いたのがプロローグで紹介した司馬遼太郎の『坂の上の雲』。

東大予備門（のちの第一高等学校）から明治二三年に帝国大学文科大学（現在の東大文学部）に進みますが、明治二五年には中退して日本新聞社に入社。

友人の洋画家・中村不折に「スケッチ」の画法を教わり、これを文芸の方法論とし、主宰する俳句誌「ホトトギス」を拠点に「写生」を提唱。事実上の「俳句の革新」及び「短歌の革新」という大仕事を推進。自らの作品としては「柿くへば鐘が鳴るなり法隆寺」「鶏頭の十四五本もありぬべし」「紙雛や恋したさうな顔ばかり」などがよく知られています。

明治二八年、周囲の反対をおして日清戦争に従軍、帰国途上で喀血し重体。その後、結核系の病気におかされ、壮絶な闘病生活の中で文学活動を続けました。寝たきりで「いくたびも雪の深さを尋ねけり」と詠み、そこには看病に献身する妹の律がいました。「薪をわるいもうと一人冬籠《ふゆごもり》」。明治三五（一九〇二）年九月一九日没。三十五年と二日の、短い生涯でした。

俳句革新のために、俳聖芭蕉に対して蕪村を評価し、江戸後期に隆盛となっていた点取りゲームのような月並俳句を排撃。自然の姿をありのままに、自分の気持ちを素直に表す「写生」を首唱。この写生は、旧来の教養主義的俳句からの脱却であり、ある意味、対象を写生すれば誰でも俳句は出来る、という主張でした。写生は俳句、短歌の世界だけでなく、夏目漱石をはじめとする多くの作家にも影響を与えたのでした。

正岡子規の俳句は、河東《かわひがし》碧梧桐《へきごとう》、高浜虚子に受け継がれますが、碧梧桐は非定型自由律に進みます。一方虚子は有季定型を守り、「花鳥諷詠」を唱えて子規の主宰で創刊された俳句誌「ホトトギス」を大きく発展させました。

俳諧から俳句へ。この五七五、十七音の文芸を芸術として再構築しようとした子規の努力は、俳聖といわれる芭蕉とともに、俳句の歴史の中で永遠に輝き続けるでしょう。

たしかに、江戸後期の俳諧を、宗匠を中心とした点取りゲームに堕落した月並俳句だと批難し、芭蕉をも批判の対象とした子規の活動に対して疑問の声をあげる人も少なからずいます。

しかし、とりわけ江戸後期には選ばれた男性たちの、ある意味旦那芸となっていた俳諧を、学生や女性を含む一般人に親しいものにしたのは正岡子規ですし、俳句を自我の表現行為の手段として、近代的な表現世界へと進めていったのは、やはり子規でした。

そして、そのコンセプトに従い、子規を後継した河東碧梧桐や高浜虚子が「みんなの俳句」をそれぞれに推し進め、おし広げ、大正期になってその高浜虚子が本格的に「女性俳句」の扉を開く、という流れになっていったのです。

❁子規と女性俳句

では、俳句の改革者、正岡子規という男性は、「女性と俳句」について、どのように考えていたのでしょうか。その一端を伝える一文があります。

明治二五（一八九二）年、俳句に没頭しすぎて落第した文科大学を中退した子規が、日本新聞社に入社して執筆を始めた「獺祭書屋俳話《だっさいしょおくはいわ》」の中のひとつです。

これは、「女性は俳句ではなく、短歌をやるべきだ」という意見に対して、子規が反論したものといわれています。

「女流俳句を嗜《たしな》む者少からず。其《そ》の風調亦《ま》た一種のやさしみありて句作の強からぬ所に趣味を存すること多く却って男子の拈出《ねんしゅつ》し能《あた》はざる細事に着眼して心情を写し出すこと其微に入り以て読者を悩殺せしむるものあり」　獺祭書屋俳話（明治二五年七月三日）

――女性で俳句をたしなむ人はたくさんいますよ。そして、その作品には一種の人間的なやさしさがあるんですよね。それは、やたら肩肘張ってむずかしく考えているような男性にはとうていわからないような、実に微妙な心模様を捉えていて、読む者の気持ちをぐっと摑むんですよ――

現代風に表現すれば、「どうして、女性は俳句ではなくて短歌（和歌）をやればいいんだ、なんていうのですか。俳句は男のもの、女は短歌、というのは頭の固いあなたの思いこみに過ぎませんよ」、といった趣旨でしょうか。

「細事に着眼して心情を写し出す」などは、このあとの虚子の「台所俳句」につながっていく論旨ですが、女性のそういったところに注目がいってしまうという「限界性」はこの時代としては仕方がないこと。それよりもまず、子規の男女にとらわれない才能の見方、表現の捉え方の先見性がうれしくなってきます。

こういうものを読むと、結核と脊椎《せきつい》カリエスによる子規の苦しみの時間が何ともに残念ですし、その早世が惜しまれます。

さて、その病床の正岡子規に会った、唯一の未婚の若い女性、といわれる人物がいます。中川富女《とみじょ》。北陸に百万石の文化の華を咲かせた加賀、金沢の女性です。

彼女が作った句が次の一句。

我が恋は林檎《りんご》の如く美しき

みずみずしく、明るく、そして、ストレートに心に響いてくる恋の句。明治中期に生まれたこの「初恋の絶唱」を、本書の最初に紹介できることをうれしく思います。

一大変革期だった明治時代も、中期から後期に移ろうかという明治三〇年前後に、北陸の城下町金沢で、その美貌と天賦の才を謳われた中川富女の一句。残念ながら、富女の俳句の世界における光彩はわずかな期間に限られますが、ここでは、鎖国と武士の世にピリオドを打った明治維新以後の時代背景をちょっと振り返っておきたいと思います。

封建時代から西欧型の近代国家への脱皮を急いでいた時期ですから、大きな変革がいくつも一気に起きています。この時代に生きた人々は、男も女も、大金持ちも貧乏人も、学生も役人も、同時代人としてともにそうした激動期の空気の中にいたわけです。

先の「我が恋は〜」の作者・中川富女は、明治八（一八七五）年に金沢で生まれた、とされています。この前年には、四国松山で、子規の跡をついで俳句を大きく育て、自らも巨匠となっていく高浜虚子が生まれています。

また富女が生れたのは、日本の暦が月の満ち欠け中心の太陰太陽暦から現在と同じ世界標準の太陽暦に変わってからわずか二年後のこと。新橋から横浜に向けて文明の利器蒸気機関車が走り出したばかりの頃。

そして、生まれて二年後の明治一〇年には日本での最後の内戦になった西南戦争が起き、西郷隆盛が自刃して武士の時代が完全に終わるという歴史的タイミング。

こうした時期に、子規や虚子、そして中川富女は生まれたわけです。

✲中川富女と四高の学生の恋

明治中期にこの句を詠んだ中川富女は、北陸の城下町金沢の生まれ。前田家のお膝元で加賀百万石の文化が花開いた金沢は、芸どころとしても知られた町で、中川富女も踊りと三味線の素養があったと伝えられています。

武士の世の中から四民平等の明治の代になって約一〇年、ちょんまげからザンギリ頭に変わってまだ五、六年。明治一〇年ごろの戸籍がどれくらいきちんとしていたのかわかりませんが、中川富女の出生の年や没年、経歴には幾つか説があって、確定したデータは揃っていません。

『鑑賞　女性俳句の世界　第一巻』（角川学芸出版／編）では、松井貴子さんが中川富女について書き、およそ次のように富女の経歴を紹介しています。

お富（富女）は士族小林家の次女として、明治八（一八七五）年七月に金沢で生れています。お富の住む金沢には、旧制高校のひとつ第四高等学校がありました。通称「四高」。東京の「一高」、京都の「三高」と並ぶ、代表的な旧制高校のひとつです。

この四高の学生、竹村秋竹《たけむらしゅうちく》が金沢の柿木畠《かきのきばたけ》にあった中川家、つまりお富が養女に入った家に下宿をすることになりました。

ドラマの始まりです。

竹村秋竹は、正岡子規、河東碧梧桐、高浜虚子と同じ愛媛・松山の出身。子規の八つ下、虚子の一つ下。つまり、明治八年生まれということですから、お富と同い年。エリート学生とその下宿の娘という若いふたりが、同じ屋根の下で、同じ時間を過ごし始めたわけです。

この竹村秋竹は、やはり子規派の俳句学生でした。本名は修、秋竹は俳号です。お富は秋竹から手ほどきを受け、中川富女として俳句を作り始めます。それが明治二九年（一八九六）年ですから、竹村秋竹、中川富女、ともに二一歳。

翌三〇年四月に竹村たちが作った金沢の子規派の俳句団体「北声会」に富女も入会。この年には、松山で子規を中心とした俳句誌「ホトトギス」が創刊。その後、富女の俳句も「ホトトギス」に掲載され、高い評価を得ています。

続く五月、子規の高弟・河東碧梧桐が同郷の後輩であり同じ子規派の俳人である竹村秋竹を訪ねてきます。そして、この北陸の旅の中で碧梧桐が中川富女の俳句を見て、彼女の才能に驚嘆、賞讃し、子規にその美貌と天才的な感性を伝えます。

この報告を受けた子規は、すぐさま富女を評して「句材の豊さと天性の俳想」と指摘しています。豊かな才能を持つ北陸の美女、富女の面影を伝える最初の情報。ドキドキするようなエピソードです。

❁恋の名句だけが残った

明治三〇年の七月には、竹村秋竹が四高を卒業します。九月に上京して東京帝国大学文科大学に入学。

明けて明治三一年春、今度は二三歳の中川富女も「東京の伯母を訪ねて」という名目で上京します。

この明治三〇年から翌年にかけての情況、つまり竹村秋竹の四高卒業と上京に伴う秋竹と富女のふたりの関係には、想定されていたこととはいえ、現実的にかなり切迫したものがあったのではないでしょうか。

伯母を訪ねて、という名目ながら、明治の中ごろ、金沢から東京へ向かうのは女性としての富女の決意のほどをうかがわせるに十分な事実だと思われます。

ちなみにその明治三一年の四月に金沢駅が北陸本線の始発・終着駅として開業しています。多分、富女は開業したばかりの金沢駅から北陸本線に乗り、米原まで出て、明治二二年に神戸－新橋間が全通していた東海道本線に乗り換えて、一路東京に向かったのでしょう。

当時、一六時間以上かけての上京の旅。はじめての東京、秋竹のいる東京。車中の富女の思いやいかに、です。いまなら、北陸本線の特急で越後湯沢経由、上越新幹線で東京まで、四時間前後。北陸新幹線ができたらさらに時間は短縮されます。まさに、隔世の感、というところでしょうか。

そして、エピソードの続きとしては、この上京の折に、富女は竹村秋竹とともに根岸の子規庵に赴き、病床の子規を訪ねます。子規の友人や弟子たちも、噂《うわさ》の北陸の美女、富女の来訪を期待の中で待ち受けています。

根岸の「子規庵」は、子規の住居、書斎であり、子規派の句会場でもあったわけですが、そこにいつも顔を出していた弟子たち、つまり虚子たちのそわそわした顔が浮かんできますね。

富女を連れてきた秋竹は、得意満面だったでしょう。そのときのことを子規は「富女北国より来る」と前書きして、**「行かんとして雁飛び戻る美人かな」**と句に詠んでいます。ユーモアたっぷりの一句に、子規の機嫌のよさが表れているように思えます。

こうして中川富女は、「病床の子規を訪ねた唯一の若い未婚女性」という伝説的エピソードを後世に残すことになりました。ただ、このあとは、確実に伝えられている事象はなく、富女の生涯そのものも次第に伝説化していきます。

竹村秋竹は富女との結婚を考えていて、結納まで交わしたものの、秋竹の親の意向もあってか、突然、秋竹のほうから破談にした、と伝えられています。

たぶん、このことのせいでしょう。富女はこのあと、ぷっつりと俳句を作るのをやめてしまいます。俳句を自らの周りから遠ざけた、あるいは俳句を捨てたのです。

そして、先述の一句が俳句の歴史、女性の恋の俳句の歴史の中に残されました。では、竹村秋竹と別れたあとの富女は、どうなったのでしょうか。

定かではありませんが、実は、そこでは、まったくイメージの違うふたりの富女像が語られています。

一説に、東京の伯母のもとで芸妓見習いをしたあと新橋か柳橋で芸妓になり、一年ほどで落籍、その一年後、明治三五か三六年ごろに死亡したといいます。もしそれが三五年であれば、子規と同じ年に亡くなったということになります。いずれにせよ、二七歳か二八歳のはかない命だったわけです。

もう一説に、明治四三年、金沢で理髪店主と結婚し、大正一四年に大阪で五一年の生涯を閉じたという話があります。ただ、どうやらこちらは誤伝の可能性が高そうです。

✿この句は現在形？　過去形？

我が恋は林檎の如く美しき

みずみずしく、凛《りん》とした趣のある富女のこの句は、「日本」文苑欄に掲載され、さらに竹村秋竹編「明治俳句」（明治三四年二月）、碧梧桐・虚子選「春夏秋冬」の「夏之部」（明治三五年五月）に所収されています。

富女のそのほかの句なども森鷗外の「めざまし草」にも掲載されているそうですから、確かに当時のトップ文学者にも認められるほどの才能だったのでしょう。

「我が恋は〜」には、いくつか欠陥が見えるとしても、それをカバーして余りある美点がこの句にはある。だからこそ、竹村秋竹も虚子も、この句を明治のアンソロジーの中に残そうとしたのではないか。そういうふうにも思える、なんとも不思議な魅力に満ちた一句だということです。

ただ、富女の才能は別にして、たしかに、この「我が恋は〜」の句は、いまふうにいえば、けっこう突っ込みどころの多い一句ではあるのです。

まず、大きな問題は、この句が、いつ中川富女によって詠まれたのか、です。この問題を解くカギは、この句が文法的にどういう時制で作られたのかということと大きく関係しています。

この句は、「美し」という形容詞の連体形「美しき」で終わっています。そう見えます。ですから、普通の文章ならこの「美しき」という連体形のあとに、たとえば「恋」という体言、名詞が入って、「恋である」とか「恋であった」となるところです。

つまり「我が恋は林檎の如く美しき恋なり」あるいは「我が恋は林檎の如く美しき恋なりき」となるところを、その「恋なり」か「恋なりき」を省略している形になっています。逆にいえば、省略しているからこそ、俳句になっているわけです。

ただ、この省略した部分が、「私のいま進行中の恋は、林檎のように美しい恋なんだぞ、いいだろう！」と現在形で宣言しているのか、「私の恋は、林檎のように美しい恋だったなあ……」というふうにしみじみ過去を振り返っているのか、ここが微妙なところです。作者の意図が、はっきりわからない。

「美しき」は、「野菊の如き君なりき」の「き」のような過去の助動詞の終止形ではありません。その形なら、はっきりと過去のことだとわかるのですが、そこがはっきりしない。まず、このことが批判されるポイントになると思われます。

ただその点は、この句が詠まれた時期とか全体の感じで判断すればいいのではないか、という声もありますので、その「詠まれた時期」も含めて、もう少し突っ込んで鑑賞してみることにします。

そうなると、「我が恋は〜」がいつ詠まれたのか。この問題を解くためには、富女と秋竹の恋の経緯をたどってみなければなりません。

ここでは、結果として「実らぬ恋」で終わった中川富女の恋を、いくつかの「時代のキーワード」と共に分析してみたいと思います。

あらためて、中川富女の足跡をわかっている事柄で点描してみましょう。

まず、富女の恋は、四高の学生竹村秋竹が自分の家に下宿することから始まります。
では、その四高の学生というのは、当時どういう存在であったのでしょうか。

時代のキーワード▼❷

旧制高等学校のエリートぶり

「四高（しこう）」とは、金沢にあった旧制第四高等学校の略称。明治一九年（一八八六）年の帝国大学令によって日本で最初に作られた旧制の高等学校の一つ。

東京の第一高等学校（一高）、仙台の第二高等学校（二高）、京都の第三高等学校（三高）、金沢の第四高等学校（四高）、熊本の第五高等学校の五つの高等学校と、その後の明治三三（一九〇〇）年以降に出来た岡山の第六高等学校（六高）、鹿児島の第七高等学校（七高）、名古屋の第八高等学校（八高）は、ナンバースクールと呼ばれ、後発の水戸高校とか高知高校のような各地の旧制高校とは一線を画す超エリート校と見られました。

そして、ナンバースクールの学生は、専攻など無理を言わなければ、基本的にそのまま帝国大学に進学できることが保証されていました。このため、明治、大正、昭和の戦前までの最も熾烈な受験戦争は、この高校受験であったといわれます。
四高などはその地域の最高教育機関であり、また、学生は、入学した時点ですでに地域のみならず全国的なエリート。そこは、特別な身分保証のもと、二〇歳前後の優秀な若者たちが自由を謳歌する、実社会とはかけはなれた別世界でした。

❁学生と下宿先の娘の恋

旧制高等学校、とりわけ四高が出来た時代は高等学校自体の数が少なく、またそれぞれの校風が際立っていましたから、それぞれの高校に全国各地から優秀な学生が入学してきました。愛媛県松山市の秀才中学生から四高の学生となった竹村秋竹も、そうした学生のひとり。

それにしても、こうしたエリート学生と下宿先の娘の恋は、中川富女と竹村秋竹たちに限った話ではありませんでした。

たとえば、明治三〇年、北陸に竹村を訪ねてきた同郷、同門の先輩、河東碧梧桐。碧梧桐が富女の美貌と才能を子規たちにレポートして、彼女の存在がクローズアップされたわけですが、この碧梧桐の北陸旅行そのものが東京の下宿の娘に失恋しての旅だったという話も伝わっています。

実は、碧梧桐を振った、その下宿の娘と結ばれたのが同じ下宿人の高浜虚子。碧梧桐と虚子、松山から一緒に京都の三高に入り、ともに仙台の二高に転校し、中退し、東京の同じ下宿で青雲の志を持て余しつつ……、ふたりは本当に因縁の親友だったということがしみじみとわかるエピソードです。

そして、もうひとつ。碧梧桐君には気の毒ですが、下宿の娘との恋をまっとうさせた虚子君には拍手を送っておきましょう。なぜならば、後述するように、当時は、エリート学生が下宿の娘との恋を貫徹するのはなかなかむずかしいことだったのです。

この虚子の恋から生まれたのが高浜年尾《たかはまとしお》であり、さらにその娘（虚子の孫）の稲畑汀《いなはたてい》子《こ》さんへと「ホトトギス」の主宰者がつながって、いまも正岡子規以来の「ホトトギス」が俳句界で一大勢力を誇っているわけです。このことを思うとき、「学生と下宿先の娘の恋」侮るべからずという感慨が深まる、といえば大げさでしょうか。

そもそも、碧梧桐、虚子、ふたりの先輩で俳句の師匠である子規にも、二一歳の夏に下宿した桜餅屋の娘との恋の噂が伝わっています。

エリート学生、青年と下宿先の娘の恋物語はけっこう多くあるパターンで、明治から大正にかけての小説のあれこれにもこのモチーフ、テーマが描かれています。たとえば、国民的小説といえるものだけでも、二葉亭四迷の『浮雲』、尾崎紅葉の『金色夜叉』、島崎藤村の『破壊』、夏目漱石の『こころ』……。

「ボーイ・ミーツ・ガール」ものの明治バージョンということですね。

❋俳句を介して芽生えた恋ごころ

このように、多くの名作の中で展開された青年と下宿先の娘の恋ですが、若い男女が同じ屋根の下で暮らしているのですから、いい仲になりやすいのは当然です。ただ、明治の男女交際は、いまほど簡単ではありません。

しかも、青年のほうが学生であったり官吏であったりすれば、それは当時の超エリートなのですから、彼の親、娘のほうの親、学校の恩師、上司などのさまざまな思惑、希望、しがらみなどが複雑にからみあったことでしょう。ここまで見てきた中川富女と竹村秋竹の恋も、そういった周囲が起こす波風に順風満帆とはいかなかったようです。

しかし、下宿人・秋竹が四高のエリート学生であっても、もし俳句というものがなかったら、ふたりの仲はこれほど進んだでしょうか。そして、秋竹が子規派の俳人でなかったらどうだったでしょうか。秋竹が語る俳句という自己表現法が、これほど富女の心の中に入り込んだでしょうか。

「写生。写生だよ。絵を描くときのスケッチのように、ことばで、自分のことばで描く。これなら、誰だってできるはずだよ」

「あるがままに、自分が見たままに。自分の気持ちに正直に、ね」

秋竹が語る、そうした子規派の俳句のことばが、富女の才能を刺激し、解き放ってくれたのだと思います。それは自我の目覚め、とか自然主義の影響とかいう前に、まさに原初の人間性の解放を導くことばだったといったほうがいいかもしれません。

そういう意味では、誰にでもわかる「写生」という言語表現の方法を考え出し、広めようとした子規は、えらい。

「これはどういうこと？　この気持ちはどう表現したら俳句になるの？」

こうした富女の質問にうれしそうに応える秋竹の顔。さらにうれしそうにうなずく富女。そうしたふたりの金沢での至福の数年間が浮かび上がってくるような気がします。

そして、秋竹には富女と結婚する意思があり、富女ももちろんそのつもりで帝国大学の学生となった秋竹の住む東京にやってきたのでしょう。明治三一年の春、そのふたりの幸せな東京の何日かの間に、根岸の子規庵を訪ねたわけです。

ただ、先に紹介したように、二人の恋は成就しませんでした。婚約の破談は、秋竹の親の意向といわれています。

当時は、このように、親の反対で悲恋となるのは特別なことではなく、よくあるケースでした。

末は博士か大臣か。

「お前には、もっとふさわしい娘がおるじゃろう。はやまるな」

「お前の嫁は、わしが決めてやる。いまのはあきらめろ」

こういう身勝手な親の意見に、なぜ従わざるをえなかったのでしょうか。それは、明治憲法下での旧民法では、結婚に関しても父親の権限が非常に強く定められていたからです。父親の了解なしでは、結婚は実現しなかったのです。

親の横槍によって仲を引き裂かれたふたり。そういえば、富女には「我が恋は〜」の句のほかに、もう一句、「林檎」を詠み込んだ句がありました。

隣から林檎を落す礫《つぶて》かな

それは富女には、つらすぎる、理不尽といってもいいほどの「礫」だったのでしょう。「かな」の切れ字が哀し過ぎます。これ以降、子規をはじめ多くの俳人、文人にも認められた富女の才能が飛翔することはありませんでした。

時代のキーワード▼❸

明治民法下での結婚と家制度

現在の日本国憲法の下での民法では、男性は一八歳、女性は一六歳以上であれば結婚資格があり、成年であれば自分たちの意思で自由に結婚することが出来ます。

しかし、「家制度」を制定した明治三一（一八九八）年施行の、大日本帝国憲法（明治憲法）下の民法（明治民法）では、父親、つまり戸主＝家長の権限が絶大でした。

現在の民法では「家」制度は存在しませんし、この戸主＝家長も存在しませんが、戦前までの明治民法では、家族の結婚の許諾もこの家長の権限だったのです。

つまり、男性は三〇歳、女性は二五歳に達していない場合、結婚については父母、及びその家の家長（父である場合がほとんど）の「同意」が必要とされました。

ですから、「わしは絶対許さない！」と家長（戸主）が言えば、絶対に結婚は不可。

そこで、「父の許しが得られない」と悩み、心中しようかと思いつめる若いふたりや、あるいは結婚しようという男性が女性の家を訪れ、先方の父親に「結婚を許してください」と懇願する、そういうシーンが当たり前にあったわけです。

奇しくも、明治三一年、富女が竹村秋竹を追って上京し、竹村と一緒に子規を訪ねたその年に、この「家制度」と家長の絶大な権限が民法で施行されたわけです。でも、そうした窮屈づくめの時代の中で、「自分の眼、自分の感覚を大事にしようよ」という子規派の主張は、女性を含め多くの若者の心に自然に浸透していったのでした。

❁少女の恋愛宣言か、悲恋の遺作か

中川富女が残した「**我が恋は林檎の如く美しき**」という一句は、明治三四年の「明治俳句」（竹村秋竹編）や三五年の「春夏秋冬」（碧梧桐選・虚子）といったアンソロジーに活字となって残りました。

では、実際にこの句が詠まれたのはいつ頃のことだったのか。この問題に戻ってみましょう。

タイミングを振り返ってみれば、東京帝国大学の学生となった秋竹の住む東京へ富女が出てきたのが明治三一年の春。この明治三一年ごろというのは、富女と竹村秋竹の恋がもっとも高揚していた時期だと考えていいでしょう。ふたりが二二歳から二三歳の頃ということになります。

そして、この時期に富女がこの句を詠んだとすれば、「我が恋は林檎の如く美しき」は、恋のまん真ん中の句であり、「私の恋は林檎のように美しい恋なんですよ、みなさん！」という宣言の一句だと読み取れます。

ですから、下五の「美しき」は、形容詞の連体形で、本来接続する以下の語句が俳句的に省略された、ということになります。まったく、現在進行中の恋のまん真ん中に投げ込んだ、気合いのこもった直球のストライクです。

もうすぐふたりの恋が結婚という形で成就する、その予感に身の引き締まる思い。それが紅く色づき始めた、硬く輝いている「林檎」の実の比喩につながっていく……。決して「我が恋は林檎の如く美しき恋であった」というふうに、過ぎ去った過去の恋を美しく懐かしがっているのではありません。

――と、ここまで話が進んできても、まだどこかに本当にその解釈でいいのか、という思いが消し去り難く残ります。

なぜでしょうか。それは、この句から、どうしても、一二、三の娘にしては無垢すぎる、無邪気すぎる、もっといえば危なっかしいという感じが伝わってくるからです。

ここに、もうひとつの、富女の「生まれ年」説が聞こえてきます。

これまで見てきたような明治八年生まれではなく、明治一二年生まれだという説があるのです。

もし、富女が明治一二年の生まれ、つまり秋竹の四つ下だとすれば、俳句の手ほどきを受けた明治二九年の時点では、秋竹が二〇歳か二一歳、富女が一六歳か一七歳。

この頃に富女が恋に落ちたとすれば、「我が恋は林檎の如く美しき」は、富女が一六、七歳ごろの作ではないか、という見方が成り立ちます。

「みなさん、いま私がしている恋は、あの林檎のように本当にきれいな恋なんです！」まさに少女から大人の女性になろうというタイミング。実は、明治の中期あたりまで、女性の結婚年齢というのは、現代と比べればずいぶんと若く、貧しい層ではあの「赤とんぼ」に歌われているような「十五で姐《ねえ》やは嫁にゆき」は当たり前、中流の家庭でも一七、八歳までに嫁にいくというのが常識でした。

こうした事情を踏まえれば、「我が恋は林檎の如く美しき」は、初めて恋を得た喜びと、ちょっとしたことで壊れてしまいそうな不安を「林檎」というイメージに託した、少女の魂のストレートな叫びだった、という解釈が一番似合うような気がします。

そうした、少女お富の張りつめた感覚が爆発的な訴求力をもった青春の絶唱を生み出したということ。文法なんて、どうでもいいわよ！　というわけです。

一方、「美しき」の文法的あいまいさが導きだした、先述の「美しき」過去詠嘆説ですが、その立場に立てば、生まれ年は八年説のほうが解釈として圧倒的にリアリティを持ちますね。

明治八年生まれならば、恋愛最高潮の三一年時点では富女は二三歳。これは、当時の結婚適齢期としては、かなりシビアなものがあります。

だからこそ、富女は秋竹との結婚にすべてを懸けていたのでしょうし、だからこそ、それが破れた時の悲嘆、絶望は想像に難くありません。そして、だからこそ、以後、一切、俳句を作らなかったというのも、よくわかるような気がします。

つまり、「俳句を一切やめる」直前に、一種の辞世の句のように作られた、富女の最後の一句が、この「**我が恋は林檎の如く美しき**」だったという捉え方。

「私の恋は、ほんとうに林檎のように美しい恋だった……」。これまた、俳句の「省略」が生んだ悲恋の絶唱といえるでしょう。

富女のこの一句は、恋愛まっただ中であれ、悲恋に終わったあとであれ、恋愛という魂の高揚が、表現意欲も高揚させ、支えてくれるということを、時代を超えて私たちに伝えてくれています。

❁「林檎の如く」の「林檎」は季語？

さて、ここでもう一度、「我が恋は林檎の如く美しき」の解釈について考えてみましょう。

俳句教室やカルチャーセンターなどで、「有季定型で、季語を活かし、五七五のリズムを活かした韻文できちっとした俳句を作ろう」という教え方をする場合、この句では「林檎」が季語で、秋の季語（「林檎の花」は春）となるでしょう。

でも、たぶん、「林檎の如く」がちょっと問題だなあ、こう指摘する先生がいると思います。

たとえば、「林檎の如く」という表現では、「如く」は「比喩」「たとえ」だから、「林檎」が季語の役目を果たさなくなるのではないか、という指摘です。この指摘は、かなり重要です。

比喩に使った「林檎」は「林檎」そのものではないから、それは季語ではない。実にもっともな意見のような気がします。とすると、この「我が恋は林檎の如く美しき」は、無季俳句ということになるのでしょうか。

確かに、基本的には、季語は実体のあるものを使った方がいいでしょう。そうしないと、俳句の命でもある「季節感」が薄れてしまいますし、季節感に託した作者と読者の交感もむずかしくなると思われます。

ただ、虚子に「**花の如く月の如くにもてなさん**」という、ものすごい挨拶句がありますし、夏目漱石の名句に「**菫《すみれ》程な小さき人に生れたし**」もあります。このように、比喩の中に季語を使うことによって、逆に花や月やスミレの花がくっきりとイメージされるということはありますし、なにより、作者の「こうしたい」「こうありたい」というメッセージがよく伝わってきます。

ですから、比喩の中に季語を使うのは絶対にダメ、というわけではありません。そういう意味で「**我が恋は林檎の如く美しき**」は、どちらかといえば季節感よりメッセージ性の強い句だといえますし、「林檎の如く」という比喩を得たことで逆に、読者の胸に作者中川富女の思いが強く響くことになったのではないでしょうか。

❋「林檎」に託した思い

また、「りんごをきちんと写生しなさい」と指導する先生もいると思います。「美しい」と言わないで「どのように」美しいか、そこをしっかり詠んでくださいとか、あるいは、美しいと言ってしまえばおしまいです、美しさの受けとめ方は人それぞれですから、美しいではなく他の言い方で、などと、散々言われるかもしれません。

確かに、「それを言っちゃーおしめえよ」の俳句の美学としては、「美しい」と言ってしまえば、普通はそれで「おしまい」です。あーあ、言っちゃったね、となって、ろくに鑑賞もされないうちに、本当におしまいになってしまいます。

でもこの句は、「林檎」をテーマにしているわけではなく、主題は恋。恋のあり方。恋は写生なんか出来ませんからね。いや、恋する気持ちを写生すれば、それは「林檎」のように美しかった、ということになったのですから、これでいいのです。

この句は、私の恋のあり方そのものが「林檎の如く」美しい、と直喩で言っているわけです。りんごのように美しい私の恋……。

でも、変な言い方ですが、ほんとにストレートな直喩で「美しい」ことを言うのであれば、「空にきらめく星のごとく」とか「大輪のバラのごとく」というような直喩、たとえ方のほうがわかりやすいでしょうね。つまり、誰もが美しいことを了解できるたとえ、ということです。

「林檎のように美しい」と言われて、誰もが、美しい＝林檎というたとえを了解できるのか、ということになれば、やはり、ちょっと違和感があります。

「林檎」が美しくない、というわけではありませんが、そこでは、やはり、それならば「林檎のように美しい」とはどういうこと？　なぜ「林檎」にこだわるの？　他のものではたとえにならないの？　ということになってしまいます。

実は、この句は、直喩の形をとりながら、最初から主題は直喩ではなく「恋」の暗喩、「恋」＝「林檎」＝「美しい」というメタファであらわされているのです。

そして、実際、その「林檎」＝「恋」＝「美しい」という暗喩、メタファが、かなりの程度、読者の共感を得るパワーを持っている。ここが、まず、この句の魅力になっています。

では、この「林檎」と「初恋」の言葉のタッグは、なぜ強力なパワーを生むのか。なぜ中川富女は、強力なパワーを秘めた「林檎」というメタファを使ったのか……。

その源泉を探ることによって、「我が恋は林檎の如く美しき」という俳句の不思議な魅力の内実を考えてみることにしましょう。

振り返ってみれば、中川富女が竹村秋竹に俳句の手ほどきを受けはじめたのが明治二九年ごろ。そして、ふたりが恋に落ちたのが二九年から三〇年ごろだったと思われます。まさにその明治三〇年に、明治という新しい時代の新しい詩、「新体詩」の最初の傑作といわれる島崎藤村の「若菜集」が刊行されています。

そして、この藤村詩集「若菜集」の中でもっとも輝いていたのは、「初恋」であり、象徴的に表現された「林檎」でした。ですから、私たちは、明治三〇年の富女がこの藤村の「初恋」を読んでいた、あるいは恋人の竹村秋竹から聞かされていたということをイメージしてみたくなるのです。

藤村の「初恋」が与えた影響

初恋　　島崎藤村

まだあげ初《そ》めし前髪の
林檎《りんご》のもとに見えしとき
前にさしたる花櫛《はなぐし》の
花ある君と思ひけり

やさしく白き手をのべて
林檎をわれにあたへしは
薄紅《うすくれない》の秋の実に
人こひ初《そ》めしはじめなり

……人恋い初めしはじめなり、その震えるような気持ちを薄紅に輝く林檎に託した、藤村の名調子。

国民的詩といっていいほど、だれもが一度は口ずさんだ「初恋」の冒頭二連。日本近代詩の端緒となった「新体詩」と呼ばれる文語定型詩の代表作です。

文語の定型詩ということでは、新体詩も短歌や俳句と同系列の詩で、この「初恋」も、いわゆる七五調が日本人の心のDNAに響くリズムをつくり出しています。

ただ、時代は明治になったとはいえ、現在の私たちが知っているような「詩」はまだ日本にはありませんでした。つまり、英語の「ポエム」に対応する「詩」という意味での詩は、なかった、ということです。

詩といえば、それまでは漢詩のことでしたから、それは男性的な、マッチョな世界。作るのも男性、受けとめて鑑賞するのも男性。そういう世界だったのが、この藤村の「初恋」をはじめとする「新体詩」の登場で、女性にも詩の読者が広がりました。

きっと、金沢の街のどこかで、二〇歳過ぎの中川富女も、自分の恋をこの藤村の「初恋」に重ねていたのではないか。あるいは、竹村秋竹が「これを読んでごらんよ」などと言って、富女に「若菜集」を渡したのかもしれません。

そうでなければ、富女が「林檎」にそれほど心を託す理由が見つかりません。金沢は、藤村のいた信州ほどりんごの木があるというわけではありませんからね。

ともあれ、この詩以来、日本の若い男と女は、みな、うっとりとこの詩句を口ずさみながら、決定的に「初恋」のイメージを「林檎」に結びつけてしまったのでした。

✿アメージンググレイスとしての恋

藤村の新体詩は、当時の日本で一番新しいスタイルの詩でした。そうした「新しい感じ」は、富女の「我が恋は林檎の～」の句の中にも感じられます。

そのことは、次の同時代の女性の恋愛句と比べてみればよくわかります。

明治の女性俳句の中に、同じ北陸富山の女性、沢田はぎ女の素敵な恋の句があります。

沢田はぎ女は、明治二三（一八九〇）年の生まれですから、中川富女よりひとまわりほど年下。そして、発表された時期も、明治四〇年代ですから、富女の「我が恋は～」より一〇年あとの作品ということになります。それは次のような句です。

そなさんと知っての雪の礫《つぶて》かな

そなさん、とは「そなたさま」、つまり、「あなたさま」。「あなた」を情を込めていえばこうなるという、古い二人称です。

「そなさんと知っての雪の礫かな」。あなただとわかっていて、ええ、だからこそ、ぶつけてみたの、雪の玉を……。いいですよね。情緒たっぷりの恋の句。

好きな相手であればこそ、かえって邪険にしたくなる。もしこれが少女の恋の句であれば、まるで樋口一葉の『たけくらべ』の世界。美登利が真如に対して、こんなことをしたかもしれない、と思わせてくれる句。大好きな人、多いと思います。

あるいは、芸者さんのような大人の恋模様がよくわかった女性の句として鑑賞してもいいでしょう。新派の舞台の美しい一場面。三味線が聞こえてきそう。こういうとり方が好きな人もいるはずです。

ただ、好き嫌いは別にして、古色蒼然とはいいませんが、いかにもニュアンスが古い。現代人が読めば、いい句だし、よくわかる句だけれど、明治時代の句だよね、という受けとめ方で終わってしまいかねません。

それと、きれいにまとまっていて、すっきりと胸におちる句ではありますが、気になる異性に雪の玉をぶつけるというのは、どこかにデジャブというか、既視感があって、詩のことばとしては弱い。爆発力に欠ける。新たな地平を拓く言語表現とはならない、ということです。

吉本隆明さん流に言えば、これは意味を伝える「指示表出」としてはいいレベルだけれど、心の切迫感、「自己表出」の部分が弱い、つまり新しい言語表現を担う詩のことばとしてちょっとは弱い、ということでしょうか。

それに比べると、沢田はぎ女の句より一〇年ほど先にできた句でありながら、中川富女の「**我が恋は林檎の如く美しき**」は、現代人の心にもまっすぐに響いてきます。勢いよく放たれた矢のように胸に突き刺さります。

詠みっぷりによどみがない、若々しいということもありますが、どこか近代の響きが感じられるのです。

藤村の「初恋」が新体詩、つまり新しいスタイルの詩として書かれ、そのように多くの人に受けとめられたように、富女の句も、やはり俳句の革新を目指した子規派の流れから生まれた新しい俳句だったのでしょう。清新さの中に、どこか洋風の匂いがする、というのも新体詩と共通する特徴かもしれません。

さらにいえば、明治の新しい詩、新体詩の登場に大きな影響を与えたというキリスト教の讃美歌のニュアンスさえ感じられるような気がします。つまり、聖なるものへの畏《おそ》れにも似た憧れと祈り。この世の経緯を超越するものへのアメージンググレイス、です。

少女の祈りにも似た初恋への思い。その恋の行く末のメタファ。中川富女の「林檎」は、藤村の「初恋」だけでなく、ひょっとしたら旧約聖書のあの禁断の「林檎」のイメージにも支えられていたのかもしれない。そこまで思いは至るのです。

❈教会と富女

中川富女が住み、松山出身の四高生・竹村秋竹が下宿した士族中川家の住居は、金沢の柿木畠といわれる地域にありました。

この柿木畠は、片町とか香林坊といった金沢の中心地につながる一画。寛永の大火の教訓から防火のために柿の木が植えられたので「柿木畠」という地名になったとのこと。その柿木畠に、いま日本基督教団の金沢教会が建っています。

徳川時代には長く禁教だったキリスト教ですが、明治維新後、欧米を回った岩倉使節団が諸外国からさんざん非難され、やっと解禁となったのが明治六（一八七三）年。

そのキリスト教解禁からわずか六年後の明治一二（一八七九）年、アメリカ合衆国北長老派教会の宣教師トマス・ウィンが金沢に移住、伝道を開始します。

明治一七年（一八八四）年には富女が住む柿木畠の隣町、石浦町（現在の香林坊、日銀のあたり）に教会堂が建てられました。富女にとっては、すぐ近所に出来た教会、といった感じではなかったでしょうか。

さらに翌年には、初めてのキリスト教系の女学校（金沢女学校・現在の北陸学院）が出来ます。その場所が、まさに柿木畠。ここを拠点にした地域伝道や日曜学校も展開されるようになりました。

つまり、柿木畠に住む富女にとって、思春期からあとは、ずっと近所に教会やキリスト教系女学校があったことになります。その教会や教会の日曜学校から聞こえてくる祈りのことばや神の恩寵を賛美する歌。キリスト教文化、新しい文化は、この教会の近所に住む子どもたちにとって日常的に親しいものだったにちがいありません。

賛美歌に耳を傾け、聖書の話を聞く少年少女の中に、中川富女がいた……。その可能性は決して否定できないでしょう。

また、教会は伝道を進めるために賛美歌に一生懸命日本語の歌詞をつけることを進めていましたが、明治政府も西洋音楽の初等教育を進めようとして「唱歌（文部省唱歌）」を作り、その中に賛美歌をたくさん取り入れています。

特に、石川県など北陸では明治二〇年ごろにはすでに一般の公立小学校でも唱歌教育が行われていたとのこと。ですから、時代的に、そういう讃美歌含みの唱歌教育の中に中川富女もいたということになります。

さて、中川富女が少女期を過ごした時代から百年後の現在、富女が暮らした「柿木畠」には、明治以降の伝道の伝統を継ぐ金沢教会が建っています。

そして、インターネット検索をすれば、富女の恋の町金沢の「柿木畠」の町のイメージソングとして、「富女の恋」という歌が流れてきます。

歌は、秋竹と富女の俳句をきっかけとした恋の経緯を簡単に紹介したあと、この一句「我が恋は林檎の如く美しき」を置き、続いて、最後に、いま、この柿木畠の坂道を富女の恋の坂として「富女坂」と呼ぶ人もいる、というコメントを入れています。

富女の恋で町おこし。金沢の「俳句美少女」中川富女、もって瞑すべし、でしょう。

第二章

「青鞜」が発信した挑発的恋愛句

鳴神や、仁王の臍の紙礫。

❋男女の教育の基本は別学

現在の六・三・三制のような、いわば単線的なシンプルな教育制度になじんだ私たちには、ちょっと理解しにくいところがありますが、明治以降、戦前までは、進学経路はかなり複雑な複線でした。しかも、男女別学を基本としています。

このことを押さえておかないと、いわゆる旧制の教育制度の中で、当時の少女たちがどういう教育環境におかれていたのか、非常にわかりにくいと思います。

まず、満六歳で尋常小学校に入学します。六年制の、共学の義務教育です。一二歳で義務教育を修了すると、ここから進路が分かれます。

進学する子は、男子は一二歳からの高等小学校(高小)か、中学校(五年制)に進み、中学校に進んだ子は、一六歳からの高等学校(三年制)や大学予科(三年制)と師範学校二部(一～二年制)、一七歳からの大学予科(二年制)や高等師範学校(四年制)、専門学校(三年制)に進むことが出来ました(飛び級あり)。

そして、高等学校と大学予科の卒業生のみが、「最高学府」である大学(三年制)に行くことが出来たのです。

ですから、東京、京都など八つの帝国大学をはじめ、文理大、商科大、工科大などに進み、晴れて「大学生になる」という男子がいかにエリートであったか、ということがよくわかります
一方、女子の一二歳からの進学先は、四、五年制の高等女学校か、女子のみの一、二年制の高等小学校。そして、高等女学校に進んだ子は女子専門学校か女子高等師範学校、師範学校二部に進学することが出来ました。ただ、少女の進路はここまで。例外を除いて、いくら優秀でも最高学府の大学へは行けません。

高等女学校は明治五（一八七二）年開校の東京女学校が最も古く、この学校が明治一五年に東京女子師範学校（現・お茶の水女子大学）付属高等女学校になりました。

いずれにせよ、明治政府は教育制度、学校制度の整備を男子中心に急ぎ、女子の小学校卒業（一二歳）以降については、いわば「ほったらかし」状態だったのです。

急ぎ世界の一流国に伍していくにためには、「富国強兵」政策を速攻、速効で進めるしかない。そのためには「お国のために役に立つ」人材を少数精鋭でピックアップし、これも速攻、速効で育成する。軍人も経済人も、文化・教育界の人材しかりです。

徹底的なエリート主義ですが、基本的に速攻で速効を求めているわけですから、育成の期間も、その方法もシビア。そこで、「お国のための」人材はとりあえず男子から、となるわけです。

そうなると、女性はそういう男子を産み、健康に育ててくれればそれで十分、あとは補助的な労働力になってくれればいい。こういうわけで「女に教育は要らない」「女に教育は邪魔」「女学校までやれば充分だろう」という考え方が世間の常識になっていったのです。

✿女性俳人を育んだ女学校文化

そうした中、アメリカ人のプロテスタント系の牧師たちがキリスト教系の女学校を次々と開いていきます。いわゆるミッション・スクールです。

まず、明治八年に横浜の山手にフェリス女学校が開校。続いて、横浜と同じような土地柄を持つ長崎に梅香崎女学校、神戸に神戸女学院が開校します。

この頃に、同じようなキリスト教主義女学校、たとえば、東京では女子学院、青山女学院、立教女学院など、京都では平安女学院の前身である照暗女学校、同志社女学校などが、相次いで開校されます。

明治一七年に開校した東京の東洋英和女学校には、折からの鹿鳴館時代、欧化ブームとキリスト教主義教育が合体したかのように、伊藤博文や岩倉具視の娘、木戸孝允や後藤象二郎の妻といった、当時の最上流の子女が在学しました。

その他の主な女学校としては、明治八年に跡見女学校が開かれています。

続いて、明治一八(一八八五)年に、女子学習院の前身である華族女学校とキリスト教系の明治女学校が創立。一九年には共立女子職業学校も開校しています。

華族女学校は、歌人で教育家の下田歌子らが設立に関わりましたが、いうまでもなく皇族と華族の女子の教育機関として設けられた学校ですから、所管は宮内省でした。

この下田歌子が制服に採用したのが海老茶袴《ばかま》。それまでの男袴では高貴な方々の前では失礼にあたると考え、海老茶袴を作ったとのこと。これが、ほかの女学校にも広まって、海老茶袴スタイルは女学生の代名詞になったのです。ただ、跡見だけは他校との違いにこだわるとして、紫色の袴を制服としました。

当時、新しい乗り物として自転車が登場し、海老茶袴で自転車を乗り回す女学生は

「ハイカラ」の象徴といわれました。

明治女学校は、アメリカで学んだ牧師木村熊二が開いたキリスト教主義の女学校で、明治一八年から四一年までの二三年間という短い活動期間ながら「近代女子教育のパイオニア」とか「時代を変えた女学校」といった評価をされている学校です。

やがて明治三二（一八九九）年の「高等女学校令」で、高等女学校は初めて男子の中等学校に相当する女子の教育機関として、教育制度の中で正式に位置づけられました。こうした「高等女学校」に学んだ女学生の中から、のちに女性俳人の先駆けとなる人々が輩出されます。

この明治三二年には、華族女学校を創った下田歌子が実践女学校・実践女子工芸学校（現・実践女子学園）を創立。

続いて、明治三三（一九〇〇）年には、津田梅子の女子英学塾（現・津田塾大学）や横井玉子の女子美術学校（現・女子美術大学）も開校されました。

さらに明治三四年には、アメリカ帰りの牧師で教育者の成瀬仁蔵によって、日本女子大学校（現・日本女子大学）が創立されます。

大阪の大阪梅花女学校で実績を積み、女子高等教育界の第一人者といわれた成瀬仁蔵の教育方針は、「女子を人として、婦人として、国民として教育する」。ここから「新しい女」といわれる平塚らいてうなどが輩出するのですが、ただ、この学校は大学ではなく、あくまで「大学校」で、旧制では専門学校という位置づけになります。

高等学校、大学はあいかわらず女子に対して扉を閉ざしたまま。高等教育、大学教育から女子は阻害され続けるという時代が続きます。

そうした明治後期の閉塞状況の中で、「新しい女」平塚らいてうは、恋愛感情も含め、うっぷんをまとめてぶつけるような思いきりのいい俳句を作って見せてくれるのです。

✿虚子と碧梧桐と「ホトトギス」

では、この時期の俳句の世界はどうなっていたのでしょうか。

河東碧梧桐（明治六年生まれ）と高浜虚子（明治七年生まれ）という、一歳違いの松山出身者、子規の弟子コンビの動向から見てみましょう。

松山の中学生時代に同級生となり、碧梧桐が誘って共に子規に俳句を教わります。そして、明治二六（一八九三）年に、共に京都の第三高等学校に入学した秀才です。

その頃のふたりは、寝ても起きても一緒というぐらい仲が良く、ふたりの下宿は「虚桐庵」と名付けられていたほど。

その後、これも共に仙台の第二高等学校に移り、共に中退してしまいます。その頃の優秀な女子から見れば、自分たちは行きたくても高等学校に行けないし、ひいては大学にも行けないのに、何を考えているのよ、と言いたくなるようなふたりの行動ですが、結局、子規を頼って上京します。明治二七、八年の頃のことです。

その後の展開も含めて、ふたりのプロフィールを簡単に紹介しておきましょう。

高浜虚子に肩書きをつけるとすれば、俳人・小説家・編集者ということになるでしょうか。明治三一年一〇月、子規主宰の俳句誌「ホトトギス」を引き継ぎ、東京で発行することになります。

編集責任者となった虚子は、意外と商業的センスもあったと見え、「ホトトギス」は雑誌として成功を収めます。ただ、子規の存命中は広告の件から定価の件まで、何かと子規が口を出していたそうです。

明治三五年九月に東京・根岸の子規庵で子規死去。数え年三六歳。死の前日に作った三句が絶筆となりました。「糸瓜《へちま》」の水は当時、呼吸を楽にするということで、子規庵の庭にも糸瓜が植えられていたのでした。

糸瓜咲て痰のつまりし仏かな
痰一斗糸瓜の水も間にあはず
をととひのへちまの水も取らざりき

子規の無念さが伝わってきますね。

その後、虚子は明治三八(一九〇五)年に「ホトトギス」で夏目漱石の『吾輩は猫である』の連載を開始し、これが大ヒットとなりました。

続いて、漱石の『坊っちゃん』や伊藤左千夫の『野菊の墓』などを掲載して評判をとり、「ホトトギス」は俳句誌というより、総合文芸誌のような様相を見せます。

その頃は虚子自身も写生文や小説を書くのがもっぱらでした。しかし虚子は、子規から「ホトトギス」という雑誌だけでなく、新しい文芸としての俳句というコンセプトと、それを広める運動も継承したことを忘れてはいませんでした。

子規が「写生」という新しい方法論で「写生をやれば誰でも俳句ができるんだよ」といって旦那芸から俳句の門戸を開放したとすれば、虚子は、「花鳥諷詠」「客観写生」というさらなる理念と技術論によって、「誰でもできる俳句がさらに良くなる、うまくなる」といって大きく俳句人口を広げていったのです。

そして「ホトトギス」を一大拠点に、大正から昭和期にかけて虚子を頂点とした俳句界を作り上げていくことになります。

虚子の膨大な数の作句の中から、三つ挙げておきましょう。

遠山に日の当りたる枯野かな

桐一葉日当りながら落ちにけり

去年今年《こぞことし》貫く棒の如きもの

一方、河東碧梧桐は子規の死去後、新聞「日本」の俳句欄の選者を子規から引き継ぎます。ただ、「ホトトギス」が漱石の『吾輩は猫である』の連載を始めた明治三八（一九〇五）年から、五七五の定型にとらわれない、いわゆる「新傾向俳句」を作り始めます。それは、「写生」の方法の限界を碧梧桐が感じたことにもよるといわれています。

そして、碧梧桐の「新傾向」俳句や、さらに進んだ「自由律」などは一時期、大きな支持を得ていくことになります。ここから碧梧桐と虚子は、従来あった作風や性格の違い以上に、俳句の道そのものを決定的に違えてしまうことになっていきました。

ともあれ、碧梧桐が始めた新傾向俳句や自由律俳句に、その後、荻原井泉水《おぎわらせいせんすい》や種田山《たねださん》頭火《とうか》、尾崎放哉《おざきほうさい》といった異才、鬼才が連なっていったことは確かです。

碧梧桐の俳句も、三つ挙げておきましょう。

赤い椿白い椿と落ちにけり

空をはさむ蟹死にをるや雲の峰

曳かれる牛が辻でずつと見廻した秋空だ

❀「婦人画報」創刊号を飾った女学生たち

明治三八年、一九〇五年という年は明治時代だけでなく、日本史の中でも特筆されるべき年だといえるでしょう。

明治維新以来、およそ四〇年、必死で欧米スタイルの近代国家建設を急ぎ、ちょんまげを切り、刀を捨て、汽車を走らせ、洋服を着、鹿鳴館でダンスを踊り、貧乏暮らしを我慢して「富国強兵」をはかり、そして、とうとう本物の欧州の大国ロシアとの戦争にたどり着き、一大決戦を迎えたのが明治三八年、一九〇五年だったのです。

こうした国民的盛り上がりの中、編集者として国木田独歩は「婦人画報」を創刊します。国木田独歩は『源叔父』『牛肉と馬鈴薯』『武蔵野』などの作品で近代文学史に名を残す明治の文豪のひとりですが、この人も虚子と同様、大出版プロデューサーとか名編集者といえるほど、出版の世界でも大きな実績を残しています。

「婦人画報」の創刊号は、明治三五年七月一日発行。当時としては珍しい大判のB五判サイズ。表紙はアールヌーボー調で女性の顔を描いた石川寅治画伯の画で、多色刷り。総ページ一〇四ページのうち、約半分の四四ページが写真版。そういう意味では、まさに「画報」であり、日本の写真報道雑誌の草分けといえる造りです。

定価は、二五銭。これは、現在の二千円ほどにあたり、少し高価だけれどよく売れたと伝わっています。

「征露の役起りて以来は我国婦人の活動殊に目覚ましく、又女子教育の如き……」と書き出された「発行の辞」を現代訳にすると、以下のような趣旨になるでしょう。

「日露戦争が始まって以来、我が国の女性の活動は特に活発で、また女子教育などは空前の盛況となっています。まさに明治の時代の素晴らしさといえるでしょう。この雑誌は、そういう時代のパワーの中で生まれたものであり、時代の要求に応じて生まれたものなのです。そうした女性の世界の動き、教育、趣味、流行などを写真などでお伝えすることができれば素晴らしいことだと思いますし、本誌の発行も意味のあることだと思います」

つまり、日露戦争の中で独歩が編集者のカンで捉えたことは、「これからは女性の時代だ」ということ。軍事だけではないということ。これからの世界情勢の中では「女性のパワーアップ」なしでは、一流の国に伍していけないだろう、ということでした。

そして、独歩がこれからの女性パワーとして注目したのが「女学生」。何よりも、画報という目新しいスタイルの雑誌の目玉である巻頭グラビアで、どういうテーマを扱ったかということで、国木田独歩編集長の目指すところがはっきりとわかります。女学生志向です。

グラビアのトップページが「華族女学校の春季運動会」。そして「女学校の西洋画教室」は半裸の男性モデルをデッサンする女子美術学校の女学生たち。

さらに東京女学館の生徒たちが千葉の稲毛に遠足に出かけた「女生徒の野遊び」「女学生の汐干狩」や日本女子大学校構内の庭園での「寄宿舎庭園の親睦」、跡見女学校の「寄宿舎の室母」といった集合写真は、女学生の日常のルポ企画でしょう。

また、加納子爵の令嬢たちによる「少女の旅行服装」は、完全なファッションページ。

帽子をかぶり、コートを持ち、靴を履いた洋装で、脇にそれぞれおシャレな旅行鞄を置く華族の四姉妹。微笑みながらちょっと小首を傾《かし》げたセンター位置のお嬢さんなど、きちんとモデル意識を発揮しています。

そして、女子高等師範の「スウェーデン式体操」では、当時の長いブルマー姿でバランス体操をしたり腕立て伏せをする女学生を写真で捉え、おしとやかで奥ゆかしいばかりがこれからの日本の女性ではない、という企画意図をしっかりと伝えています。

こうして、創刊号の貴重なグラビアページの半数以上を使って、独歩はこの新しい雑誌の姿勢とこれからの日本にはどういう女性が必要なのかアピールしたのだと思います。

ちなみに、巻頭の広告のページにも「美術造花材料・舶来薄絹シホン」があって、日本女子大学校御用・共立女子職業学校御用・日本女子美術学校御用と明記されています。

また、巻末には「福原衛生歯磨石鹸・本舗東京資生堂」のロゴが入った「洗浴化粧液」や「香水・香油」の広告、あるいは「本剤は近時、仏国パリス貴紳淑女間に最新流行の発明」というコピーつきで「肉体色白新剤」という色白のための美容液と思われる広告を入れるなど、現在の女性誌につながる雑誌の形となっています。

さて、これほど独歩に持ち上げられた日本女子大学校や東京女学館の女学生たちの感性ですが、それは時代とともにどこに進んでいくのでしょうか。

時代は、明治後期から大正に移っていきます。

❁女学生が開いた道と限界

前項で巻頭グラビアに取り上げられた女学校の名前を何校も挙げました。こういう紹介の仕方をすると、全国に網羅的に女学校があって、ほとんどの少女が女学校に行っていたような印象を持つかもしれませんが、実は、この時点で、女子の高等学校への進学率は五パーセントにも届いていません。二、三パーセント。これが現実です。

ほとんどの少女は、一二歳で尋常小学校を終えると、その時点で教育を受ける機会を失っていたのです。

一方、逆から見ると、日本女子大学校のような女子専門学校が明治末から大正期に幾つも創立されて、従来からあった女子高等師範とあわせて、女学校を卒業した女子にとっての進学先ができたわけです。ただ、これらの高等教育機関にまで進学した女性は一パーセントにも満たなかったというのが現実で、ほんとうに、たったひと握りです。

しかしながら、たとえば、国木田独歩が「婦人画報」の創刊号巻頭グラビアで伝えた、お茶の水の女子高等師範の女学生の「スウェーデン式体操」が物語る意義は、決して小さくはありません。

明治の後期、文明開化もあの大ロシアと戦争するくらいのところまで進んだとはいえ、なぜ良家の子女が体操やら運動やらというものをしなけりゃならないんだ？　腕をぐるぐる回したり、脚を大きく上げたりしなけりゃならんのだ？

膝まであるような長いブルマーをはいて腕立て伏せをする女学生たちは、きっとそんなふうな奇異の目で見られることもあったでしょう。でも、その姿は、百年後のオリンピックで、レオタード姿で当たり前のようにレスリングをしたり、重量挙げをしたりする女子の姿に確実につながっています。あるいは、グローブをつけて激しくパンチを繰り出す女子ボクシングの選手たちも、たしかに百年前のブルマー姿の女学生の〝後輩〟です。

百年前、ブルマー姿の体操が珍しがられた彼女たちも、体操するだけでなく、ひょっとしたら、ポーンと相手を投げ飛ばしたり、バチーンと相手を殴り倒したかったのかもしれませんね。

その明治の後期、身体的な活動では相手を投げたり殴ったりはできなかったものの、精神的な活動の分野でそれをやろうとした女性たちがいます。日本女子大学校で学んだ平塚らいてうや長沼（高村）智恵子たちのグループ「青鞜」。そして、その文芸活動の中で平塚らいてうが残した一つの俳句。それが、ボディブローのパンチのように腹にずしんと響きます。

❁俳句も載せた「青鞜」

明治四四年、一九一一年。振り返れば今から百年前のその年、平塚らいてう（明子《はる》）は、自らリーダーとなって文芸誌「青鞜」を創刊します。これは、日本女子大学校の卒業生たちが「表現」の拠点を持とうとしたものでした。

「青鞜」創刊の前年、明治四三年には「白樺」が創刊されています。この文芸誌は、武者小路実篤、志賀直哉、有島武郎といった上流階級のお坊ちゃんと目される学習院出身の青年たちが、人道主義的理想主義を掲げて創刊したもので、そこに集った人々は「白樺派」と呼ばれ、その後の思想や文化にかなりの影響力を持ちました。

この「白樺」と「青鞜」は、良家の「お坊ちゃま、お嬢様」たちが文芸活動とその延長線上にある社会活動をやったという意味も含めて、明治後期から大正にかけての時代の雰囲気を物語るものとして、併せて取り上げられることが多いようです。

ここまで見てきたように、明治の女子教育の中で、私立では平塚たちが学んだ日本女子大学校が当時の最高教育機関とされていました。ですから、そうしたバックグラウンドを持つきわめてめぐまれたエリート女性たちが、近代的自我の確立を求めて立ち上げた文芸運動、というのが「青鞜」に対するもっぱらの見方になっています。

ただ、この女性たちは、吉原へ「見学」に行ったり、「自由恋愛」論争をしたりと、その動向が何かと世間を騒がせ、ある意味、皮肉をこめて「新しい女」たちとも呼ばれました。

もっとも、「青鞜」、ブルーストッキングというのも、それが西欧で「奇矯な女」という意味をもっていわれている、というのを承知でつけた名前ではありました。

あるいは、平塚らいてうの創刊の辞「元始、女性は太陽であった」があまりにも有名になってしまい、そのイメージが独り歩きした、ということもあったと思います。

そういうこともあって、「青鞜」は、なにかと社会運動、女性解放運動の一環のように思われるところもありますが、冒頭に紹介したように、これは基本的に文芸誌。ですから、たとえば創刊号には、これまたきわめて有名な、歌人与謝野晶子の詩「そぞろごと」が寄せられています。
この「そぞろごと」の冒頭部分には、いまも励まされるという女性が大勢いますので、ちょっと紹介しておきましょう。

山の動く日来《きた》る。
かく云えども人われを信ぜじ。
山は姑《しばら》く眠りしのみ。
その昔に於て
山は皆火に燃えて動きしものを。
されど、そは信ぜずともよし。
人よ、ああ、唯これを信ぜよ。
すべて眠りし女《をなご》今ぞ目覚めて動くなる。

平成元年（一九八九）年の参議院選挙で女性候補者が多数当選したとき、土井たか子さんが「山が動いた！」と興奮気味にコメントしていた情景などが懐かしく思い出されます。

さて、文芸誌としての「青鞜」ですが、四年半の活動、全五二冊の中で、この与謝野晶子をはじめとする詩作品は九七編（一七名）掲載されています。

短歌は、三ヶ島葭子《みかじまよしこ》の一〇一六首を筆頭に、原阿佐緒、岡本かの子といった著名女性をはじめ五五名が三〇五四首を発表しています。

この三千余首という数字は、明治後期の「進んだ」女性でもその自己表現の方法の主流は、額田王以来の伝統の和歌（短歌）だったのだ、ということを教えてくれます。

では、同じ伝統文芸の俳句はどうなのか。

いました。ふたり。併せて一三九句。「青鞜」にして、俳句はふたりか、というところに、女性の表現の世界における当時の俳句の位置が見えてくるような気がします。

ただ、俳句を発表したふたりとは、リーダーの平塚らいてうと、「青鞜」の大番頭と目された保持研子《やすもちよしこ》。このあたりに、その頃、短歌に比べ女性にはあまりなじみのなかった俳句もやってやろうじゃないの、という平塚らの意気込みも感じられます。

❁平塚らいてうの豪快な一句

「青鞜」に掲載された句数は、平塚が六句で、保持が一三三句。ですから、「青鞜」に発表された俳句といえば白雨という俳号を持つ保持のものといえそうですが、平塚が発表したわずか六句の中に、豪快な一発の大ホームラン、あるいは強烈なノックアウトパンチともいえる俳句がありました。

鳴神《なるかみ》や、仁王《におう》の臍《へそ》の紙礫《かみつぶて》。

見た目からもう型破り。さすが、というべきでしょうか。

『「青鞜」を学ぶ人のために』という本の中で、村岡嘉子さんは——俳句は短歌より短いだけに端的に象徴的に表現する。「閨秀文学会」以来の短歌をやめ、明治四二年から始めた俳句はらいてうに適した詩型だったのではないか——と述べています。

明治四二年から俳句を始めたとすれば、「青鞜」創刊号の発刊は明治四四年ですし、秀才の平塚であれば、俳句の作り方の基礎的なことは充分に頭に入っているはず。それにしては、「鳴神や、仁王の臍の紙礫。」はどうでしょう。

まず、こういう句読点を打った俳句の表記の仕方は見たことがありませんね。ですから、一読、この表記の仕方に、大方の人は「なに、これ」と目を留め、「こういうことが許されるのか」とびっくりする、といったことになるのではないでしょうか。

でも、そこが平塚の〝狙い〟だったのかもしれません。

ですから、鑑賞や分析は後述するとして、まずこの句読点を用いた表記の仕方について、ちょっと考えてみましょう。

『俳句って何？』という俳句の手引書を見ると、「俳句の中で『、。？！』などを使ってもいいの？」という、素朴かつ原則的な質問があります。

それに対して俳人の猪俣千代子さんは、俳句は短い詩形だけに、いろいろやりたいことがあってもしかるべき所で納得し、五七五の韻律の範囲で構成すべきだとしたうえで、次のように答えています。

――そのような詩型の中で、「、。　？！」などの記号を付しますと、作者の具現すべき詩の目的が何であるか、伝達性を欠くことにもなります。おおらかに対象を見極め、?、!などを用いないで、作者の意に叶う、好もしい句に仕立ててください。――好もしい句、というのもなかなか微妙ですが、要するに、五七五の形とリズムを生かすことが肝心で、その中で作者の意図も表現すべきなのだから、言葉以外のいろいろな記号は使わないほうがいい、というわけです。

とするならば、平塚の「鳴る神や、仁王の臍の紙礫。」はルール違反なのでしょうか。平塚は、単に人を驚かすために奇をてらったのでしょうか。

❖あえて、句読点を表記するのは、なぜ?

五七五の定型とリズムのほかに、もうひとつ、俳句にとって欠かせない要素があります。それは「切れ」ということです。

俳句は一七音の短い詩。ただ、その短い中でも、重層的な構造を持つ表現にすることができる、そういう方法の基本に「切れ」があります。

五七五のどこかで切るということ。簡単にいえば、たとえば、切って二つの文章にする。その二つの文章は、それぞれ言いたいことが違っていてもかまわない。

この例でよくいわれるのが芭蕉の代表句「古池や蛙《かわず》飛び込む水の音」ですね。この句は、上五の「や」で切れます。ですから、最初の「古池である。」と、あとの「蛙飛び込む水の音。」は違うイメージの文章であり、でも最終的にはそれが一体となってひとつの大きな世界を作り出している、というわけです。

つまり、上五はあくまで「古池や」であって「古池に」ではないということ。「古池に蛙飛び込む水の音」ならば、単なる報告にすぎなくなる。こういわれています。

こういった「や」とか「かな」とか「けり」を「切れ字」といい、これを使うことによって、五七五、一七音の中に、空間的広がりや、余情、あるいは強い断定、感動や詠嘆の強調といった効果を期待する、ということなのですね。

ですから、俳句作りの作業としては、簡単にいえば、五七五の中に句読点、「、」や「。」を思考作業の中で入れてみる、ということでしょう。ここでちょっと一拍置いて、気分的な空間を作りたいなと思えば「や」を入れて切って、読点「、」の効果を持たせる。あるいは、ここはしっかりと断定しておきたいなと思えば「けり」を使って切って、句点「。」の効果を持たせる。こういうことです。

先の芭蕉の句でいえば、「古池である。蛙が飛びこんだ音がする。」といった文章の構造をイメージし、その文章を俳句にするときには切れ字を使って「古池や蛙飛び込む水の音」という形にする。そういう作業と考えればいいでしょう。

ただし、これは頭の中の作業です。その作業を、平塚らいてうという女性は、あえて表に出してしまう人、あるいはそうしたい人、だったのでしょう。

「こういうことなんでしょう、俳句って」と世間にぶつけてみる。伝統の暗黙の約束事を白日のもとにさらす。従来と違うことをやってみる、そのことに意味がある……。

当局から再三「発禁（発行禁止）」を食らう「青鞜」。発禁の理由が社会の「安寧秩序妨害」と「風俗紊乱《びんらん》」。つまり、当時の「お上」からすれば「世の中を騒がせた」という咎《とが》。そうした平塚の真骨頂が「鳴神や、仁王の臍の紙礫。」にあるように思えます。

ただ、印象深さは獲得したけれど、この表記は俳句を文芸として成功に導いてくれる方法なのかどうか。先に、大ホームランか、ノックアウトパンチかと書きましたけれど、ひょっとしたら大ファール、大空振りパンチだったかも知れません。

❁恐るべき自己主張癖

あるいはもうひとつの見方をしてみるとどうでしょう。

平塚は、別に「奇をてらった」のでも、読む人を驚かしてやろうとしたのでもなく、また、俳句の表記に革新の風を吹きこもうとしたわけでもなくて、ただ、自分はこういうつもりで作ったのだから、読むほうも私の指定通りに読んでねッ、という意思、自己主張を通したのではないか。

皆さん、「鳴神や」と読んだら、「 」ですからここでちょっと一拍置いて、鳴神という言葉が引き出してくれるさまざまなニュアンスをイメージしてくださいね。

そしてそのあとに「仁王の臍の紙礫」と一気に読んで、そこで「。」です。すっと気持ちよく読み止めてくださいね。そうすると、断定と詠嘆がないまぜになって、紙礫がスピードに乗って仁王の臍に向かって飛んでいくイメージが倍加されるでしょ。

こんなふうに、平塚は読者に読み方まではっきりと伝えておきたかったのではないか。

それは、猛烈な自己主張、徹底した自己主張、ある意味、恐るべき自己主張「癖《へき》」のあられではなかったか。

俳句は、その読み方、受けとめ方を、半分以上読者にゆだねる、任せるという考え方がある中で、この平塚らいてうの徹底した自己主張はやはり強烈な異彩を放ちます。

平塚は、俳句を作るうえで本来は頭の中でやり、頭の中にとどめておくはずの切れ字の効果、つまり「、」や「。」が導いてくれる効果を、自分の意思の表現として意識して、表現の一部として意思的にやった。こういうことになるのではないでしょうか。

だとすれば、それは、自己主張を妨げられてきた明治の女性たちが、明治の最後期にきて平塚らいてうというアイコンに託して放った乾坤一擲《けんこんいってき》の句読点、「、」と「。」だったのかもしれません。

✿「鳴神」とは？「仁王」とは？

私たちは近年、「モーニング娘。」の「。」表記でより鮮明に、かつ条件反射的に「モーニング娘。」たちが歌い踊る姿をイメージさせられたという経験があります。これは、それまでにあまりなかった芸名表記法でしたから、余計に印象深いものがありました。

この「モーニング娘。」パフォーマンスはプロデューサーをつとめたつんく氏によるものですが、たぶん、らいてうも、俳句作者というよりプロデューサー感覚で「、」「。」表記を採用したのではないか。つまり、俳句の文芸としてのレベルより、メッセージを強調する効果を重視したのではないか、と思うのです。

では、平塚が、あえて五七五に読点や句点をつけた表記で強調したかったメッセージとは何か。メッセージとは意味の伝達ということになりますが、それでは、平塚がいう「鳴神」や「仁王」、また「臍」や「紙礫」とはどういう意味を持つのか。そこを考えてみましょう。

先に村岡嘉子さんが、このらいてうの俳句を紹介するときに「俳句は短歌より短いだけに端的に象徴的に表現する。この詩型は平塚に適した詩型だったのではないか」と指摘していることを紹介しました。

まさに、俳句は、季語もそうですが、その定型の文言の短さを補うために、さまざまな事柄や事象を象徴化や比喩などの方法を使いながら表現し、そうして文芸としての質の高さ、表現の幅、豊かさを求めようとします。

では、この「鳴神や、仁王の臍の紙礫。」の一句に、そしてその中の語句のあれこれに、らいてうは何を、どのように象徴させたかったのでしょうか。

まず、この一句をごくごく素直に、ストレートに受けとめ、解釈してみましょう。

まず、上五の「鳴神」は「雷」のことで、夏の季語。強い上昇気流によってできる積乱雲、入道雲の中で放電するときに生じる気象現象です。

日中なら一天にわかにかき曇るうちに激しい雷鳴がとどろき、雷光を発します。そして強い雨を伴って、落雷ともなれば、人畜に被害を与え、人家や山林に火事を起こす原因となる、ちょっと恐ろしい気象現象です。こうしたことから、怖いもののたとえで「地震、雷、火事、親父」といわれてきたのはご存じの通り。

次に、中七の「仁王」とは、「仁王尊」ともいわれる仏教尊像のひとつで、口をあけた「阿形《あぎょう》」と口を結んだ「吽形《うんぎょう》」、つまり「阿吽《あうん》」一対で寺の山門などに安置されます。仏教を守る神ですから、威嚇的で、勇猛な顔かたち、半裸で筋骨隆々というのが、仁王の一般的なイメージです。

最後の下五の「臍」ですが、仁王像は説明しましたように半裸ですから、臍は見えているわけです。そこに紙つぶてをぶっつけるのか、貼り付けるのか。それよりもなによりも、まず、なぜ、臍なのか。

ここで、古来よりの「言い伝え」が浮上してきます。いわく、「雷さんは臍を狙う。だから、雷が鳴り始めたり、雷光が見えたりすると早く臍を隠しなさい」。ですから、たとえばこれが、「とある寺院の山門で臍に紙つぶてがくっついた仁王さんを見ているときに、突然雷が鳴った。そのときにふと、怖い顔をした仁王さんも、雷さんが怖くて臍をかくしているんだと思った」、というのなら、一種の写生句ということになるでしょうか。

あるいは、江戸趣味の、正岡子規が否定した「月並み俳句」的な、言葉遊びのニュアンスが勝った、古いタイプの俳句というふうにもいえるでしょう。

✲「鳴神」が導く恋の匂い

しかし俳句は、ひとつのことばに幾つもの意味を重層的に持たせたり、語句を象徴的に使ったりするのが作り方の常套手段なのですから、「鳴神」にも当然いろいろな意味、ニュアンスがこめられているとみて間違いありません。

まず、万葉集以来の「鳴神」に導かれるニュアンスの幾つかをみてみると、そこからは恋の匂いが色濃くたちのぼってくることがわかります。

たとえば万葉集の巻七にある「天雲に近く光りて鳴る神し見れば畏《かしこ》し見ねば悲しも」は、高貴な身分である恋人を雷にたとえ、逢えば畏れ多いのだけれど、逢わなければもっと悲しい、という恋心を綴っています。

同じく万葉集巻一一の「鳴る神の少し響《とよ》みてさし曇り雨も降らぬか君を留《とど》めむ」は、ほんの少し雷が鳴って雨が降ってくれれば、あなたを引きとめておけるのに、という切ない恋心を詠んでいます。

さらに、雷光は、「いなづま（稲妻）」ともいわれますが、これは本来は「稲夫《いなづま》」と書きます。つまり、雷光は稲の夫。あの雷の光を稲が受けて、つまりセックスをして、稲は実を孕《はら》むということなのです。

それと、もうひとつ。「鳴神」といえばこれでしょう、という強烈なイメージがあります。歌舞伎十八番の「鳴神」です。「雷神不動北山桜《なるかみふどうきたやまざくら》」の四幕目。

天界に住む鳴神上人が朝廷に恨みを持ついきさつがあって、雨を降らせる竜神を滝つぼに閉じ込めてしまったので、この世に雨が降らなくなってしまいました。この干ばつを打開するために、朝廷は絶世の美女、雲絶間姫《くものたえまひめ》を鳴神上人がこもる岩屋に派遣します。

雲絶間姫は、鳴神上人にいわゆる「色仕掛け」で接近、さすがの堅物、鳴神上人も女色に迷い、恋のトリコとなって堕落、とうとう酒を飲んでしまいます。そして上人が酔いつぶれているうちに滝つぼの注連縄《しめなわ》を切って、龍神を天に昇らせ、ついに雨を降らせることに成功します。

こういう話ですが、歌舞伎界では、この「鳴神」における雲絶間姫は、人気、実力ともに秀でた立女形の役者が演じる重要な役柄のひとつ。中村芝翫《しかん》、坂東玉三郎といった時代を代表する女形が演じています。

また、素朴なエロチシズムと緊密な舞台構成、巧みな人物描写があいまって、歌舞伎十八番の中でも人気抜群の演目です。

ですから、大方の人が「鳴神」といえばこの演目を思い、美女に恋を仕掛けられた堅物の男性が恋に翻弄される姿を思い浮かべる、というのは至極当然のこと。

こういう共通認識を前提にすれば、らいてうの「鳴神や、仁王の臍の紙礫。」には前項で示したような単純な、ストレートな解釈だけではない、男と女の恋模様を背景とした、別の様相が見えてきます。

この句が掲載されたのは明治四四年、一九一一年の「青鞜」第二号ですが、実は、その三年前の明治四一年、一九〇八年に、平塚らいてうは、なんともやっかいな恋愛事件のヒロインとなり、世間からは「自ら仕掛けた恋によってエリート青年を振り回したあげく……」、というような非難の集中砲火を受けています。

世にいう「塩原心中未遂事件」、のちに「煤煙事件」とも称されることになるラブ・アフェアのことです。

❀良家の子女のミスコン参加と心中未遂事件

橋本治さんは、その著書『二十世紀』の中で、明治四一年、一九〇八年のことを「女たちの〝なにか〟が始まった年」、というふうに特徴づけています。

つまり、ひとつは世界の女性たちが求めた参政権。この当時の女性は、政治に対して一票を投じる権利を持っていませんでした。いってみれば、一人前の社会人と認められていなかったわけです。

前年から、イギリスでは女性たちによるデモ隊の国会突入、フィンランドでは初の議員誕生といった流れがあり、この一九〇八年にはドイツで初めて女性による政治結社が認められました。

そしてアメリカでは、この年に世界初の「母の日」が祝われていますし、日本でも、女性に関わるトピックスが幾つも生まれています。

ひとつは、一章でも紹介した川上貞奴による帝国女優養成所の設立。これは日本で初めて女性という性を前提とした女優の養成所で、松井須磨子はその一期生でした。

もうひとつは、世界規模の美人コンクール、いわゆるミスコンに日本人女性がはじめて参加したことです。しかも、日本代表が世界で六位に入ったという大トピックス。その日本代表の美人に選出されたのが、なんと一六歳の末広ヒロ子。それもなんと、なんと女子学習院に在学中の小倉市市長の娘。いわゆる深窓の令嬢だったのですから、世間は大騒ぎになりました。

そして、この大騒ぎは学習院院長となっていた乃木希典大将の怒りを買い、末広嬢の退学処分という、いまでは信じられない結末を招きます。乃木さんを筆頭とする旧世代の感覚では、自分の美しさを誇示するなど、良妻賢母を旨とする校風に反するということだったのでしょう。思えば、乃木大将夫妻は明治天皇の大葬の際に殉死し、夫人は良妻賢母モデルの典型（変な言い方ですが）になったのでしたね。

さて、この末広ヒロ子騒動が一九〇八年、明治四一年の三月上旬のこと。同じ三月の下旬に世間の耳目を集めたのが、これも良妻賢母の基準からはみ出た平塚明子（らいてう）と森田米松（草平）の塩原心中未遂事件でした。

これらの事柄も、橋本治さん流にいえば、「女たちの〝何か〟が始まった」案件、ということになるのでしょう。

らいてう平塚明子は、明治一九（一八八六）年に現在の東京都千代田区三番町で、高級官吏（会計検査院課長）の三姉妹の末娘として生まれました。そして義務教育のあと、いわゆるお茶の水の女学校、東京女子高等師範学校付属高等女学校に進みます。

この女学校の上級生のときに日本女子大学校の創始者成瀬仁蔵の『女子教育』を読み、高等女子師範の「すべてお国のため」的な実学教育への反発もあり、「女子を人として、婦人として、国民として教育する」という日本女子大学校への進学を目指します。

ただ、いくら優秀でも、「女は女学校で十分」というのが当時の常識でしたし、平塚の父親も、当時の世間の大半と同じ「女の子が学問をすると、かえって不幸になる」という考えの持ち主でした。その壁を明子は、専攻を第一志望の英文科から家政科に変えるという作戦でクリアし、東京高等女子師範、津田梅子の女子英学塾に並び当時の女子教育の最高峰とされた「目白の女子大」へ入学します。

平塚の若いころの写真を見ると、面長な顔にきりっとした眉と眼差しの美人で、きっと同性にも持てただろうという感じが伝わってきます。

それよりも何よりも、この利発な女子の歩み全体を評すれば、明治期の「何でも男中心」という世の中がいやでいやで仕方がなかった、というのが一番似合っているのではないでしょうか。そして、昭和四六年（一九七一年）に没するまで、そのときどきのパフォーマンスは違っても、基本的にはそういうスタンスで過ごした八五年の生涯だったと思います。

日本女子大学校を卒業後、平塚は与謝野晶子が責任者となっていた「閨秀《けいしゅう》文学会」に入ります。この会は、女性向けの文学教室といったような会ですが、「閨秀」という言葉も「女流」と同じく、最近はすっかり使われなくなりましたね。

「閨」は女子の部屋の意。ですから「閨秀」で優れた婦人をさしていて、昔は閨秀作家とか閨秀画家とかいった表現でよく使われていました。「女流」「閨秀」といった冠をつけたがるのは、本来は男がすることなのに、女がそういうことをするのは珍しい、という意識の表れだったのでしょう。

さて、平塚明子は、この「閨秀文学会」で初めて「愛の末日」という小説を書きます。内容は知識階級の女性が優柔不断な恋愛相手を捨てるというもの。それを森田草平が高く評価したことから、ふたりは急接近します。森田草平は、四高から一高を経て東京帝国大学に入り、その英文科を卒業した文学士。夏目漱石の弟子であり、この時点で故郷の岐阜に妻子を持つ男でした。

そして、この恋愛の経緯は、年下の平塚が森田をほんろうしながら突き進み、塩原温泉で心中しようというところまで行ってしまいます。

明治四一（一九〇八）年三月二三、四日。各新聞はふたりの失踪事件を大きく取り上げ、さらにかたやお茶の水の女学校から目白の女子大を出た上流家庭の美貌の令嬢、かたや帝大卒のエリートで妻子持ちという絶好の三面記事パターンの中で、「塩原温泉情死行」などとスキャンダラスに書きたてました。

たとえば萬朝報の「蜜の如き甘き恋学の研究中」といった調子を基調に、この件に関する報道は一カ月にも及んだといいます。

これが「塩原心中未遂事件」、のちに森田がこの件をモデルにした小説『煤煙』を書いたため「煤煙事件」とも呼ばれる平塚の恋の顚末でした。

現時点での各研究などによれば、これは恋愛というよりも平塚の「自我拡大」、「自己実現」に森田が振り回されたのだという見方がされています。

ただ、デート中にレストランでボーイの目を盗んでキスをしたとか、平塚が「もっと、もっとどうかして」と泣いたとか、最後まで肉体関係は許さなかったのだとか、進歩的な女の性的な事件という側面ばかりが強調され、人々の印象に残ってしまったきらいがあります。

また、森田の小説『煤煙』は、話題にはなったものの文学的評価は高くなく、それよりもむしろ、師である夏目漱石がこの年に書いた『三四郎』のヒロイン美禰子が平塚をモデルとしているといわれ、かつ小説として名作と位置づけられたのでした。

もちろん、美禰子＝平塚ではないにしても、西欧的な自我というもののリアリティを身をもって知っている漱石にとって、平塚のそれはどうしても未熟に見えたのでしょう。

たとえば『三四郎』のヒロイン美禰子は三四郎をほんろうしながら「迷羊《ストレイシープ》」という言葉を残して結婚してしまいますし、前年に漱石が職業作家として初めて書いた『虞美人草』のヒロイン藤尾は「上から目線」の女王としてエリート男性たちを振り回しながら、謎の自殺をしてしまいます。

明治という時代と狂いそうになりながら格闘してきた漱石は、こうした明治後期に生まれ始めた「新しい女」を描きながら、その限界性もまた活写していたのです。

そのことは、平塚が、女性による女性のための、新しい時代の文芸誌として「青鞜」を創刊しながら、その前年に起きた思想言論弾圧事件「大逆事件」によって幸徳秋水らとともに管野スガが拘束され、死刑に処されたことなどには、あまり関心を寄せなかったというところにも表れているのかもしれません。

❀らいてうの挑発的恋愛俳句

ただ、坊ちゃんグループの白樺派と同じように、平塚たちは「お嬢ちゃんたちのクラブ活動」とのそしりを受けながらも、逆にお嬢ちゃんたちだからこその純情と、ある意味の無鉄砲さ、そして女の友情を「青鞜」の推進力としたともいえるでしょう。

そうした勢いの中で、「和製ノラ養成所」などという揶揄にもめげず『人形の家』をはじめとするイプセンの劇作の紹介が続けられ、ほかにも女性の恋愛と官能についてのエレン・ケイの論考、ハヴロック・エリスの性科学といった新しいテーマ、話題の企画が次々と生まれていったのです。

「青鞜」は、のちに高村光太郎と結婚し「智恵子抄」に名を残す長沼智恵子の表紙、平塚の創刊の辞でスタートを切ります。この時から、平塚明子は、「平塚らいてう」となりました。

らいてうは創刊の辞で「元始、女性は太陽であった」と高らかに宣言します。それは、「女性は月のような存在で、誰かの光を受けてやっと輝く、そんな存在だとされていたが……」というメッセージと対になっています。そして、そうではなくて、もともと女性は、自らが輝く太陽だったのだ、というアピールを平塚は発したのです。

誰かによってではなく、自ら輝く。自らの思いを、自らが発していく。それは、恋愛にしろ社会的発言にしろ同じだということです。これは、森田草平とのラブ・アフェアで、性に関わる事件を起こせば女のほうが世間の指弾や中傷、嘲笑までを一身に受けるという経験をした平塚の、世間に対するひとつの明快な答えだったのでしょう。

そして、またそれは創刊の辞とともに、文芸誌である「青鞜」に発表した伝統文芸、俳句でも、存分にアピールされるということになりました。

「鳴神や、仁王の臍の紙礫。」

ゴロゴロ、ピカピカ。少しばかり女が騒いだだけで、仁王さんみたいに威張っている男が肝心なものをとられまいとするかのように、右往左往しているけど、そんなに臍が大事なら、そこに紙礫でも何でもいいから貼り付けておけば。

「鳴神や、仁王の臍の紙礫。」

恋はいつも、あの「鳴神」の雲絶間姫のように女がリードするもの。そして、男は仁王さんみたいに力瘤なんか作ってエラそうにしているけど、ちょっと何かがあれば臍を隠してバタバタするものなのよ。そんな男の臍、男の中心部めがけて、この紙礫＝「青鞜」を投げつけてやりましょうよ。

この一句の意味を、恋にかこつけた世の中のあれこれと解釈してもらってもいい。もちろん、恋の気持ちそのものととってもらってもかまわない。

いずれにせよ、これからの世の中は、女がリードしていきますからね。そうした挑発的な、あるいは挑戦的な「恋愛俳句」。若き日の平塚らいてうが残してくれたこの一句を、そういうふうに位置づけておきましょう。

そういえば、らいてうさんは、「若い燕」ということばも残してくれました。現代では知らない人も多いかもしれませんから、念のために解説しておくと、「若い燕」は

「女性にとっての年下の若い愛人、恋人」のこと。らいてうは、五歳年下の愛人で青年画家の奥村博史のことを「若い燕」と呼んでいました。そして、この恋愛が表沙汰になったとき、らいてうを慕う女性たちが騒ぎだします。女性運動のリーダーとして許せない、というよりもっと違った女性同士の独特の感情があったのでしょう。

このとき、奥村は次のコメントを残して身を引きます。「若い燕は、（水鳥たちの）池の平和のために飛び去っていく」。――このあとの経緯としては、らいてうと奥村は事実婚をし、家制度に組み込まれないよう、らいてうが戸主となって二人の子どもを私生児として自分の戸籍に入れています。いまふうに言えば、らいてう、実に「男前」です。そう、ハンサム・ウーマンという言い方もありましたね。

さて、「青鞜」創刊号ですが、その反響は男女で極端に分かれたと言われます。もちろん、平塚のもとには女性からの支持の手紙が殺到し、逆に、これも予想されたことですが、男性中心に作られていた新聞などは冷笑を浴びせる論調に終始したとのことです。「あ〜あ、まったく……」という青鞜メンバーの顔が浮かびます。

らいてうは、ほんとうは先の俳句の下五の表現を「紙礫。」ではなくて、もっと激しく「紙礫！」にしたかったのかもしれません。

第三章

呪ふ人は好きな人なり紅芙蓉

大正から昭和へ

競り合うかな女、久女と「主婦」の誕生

花衣ぬぐやまつはる紐いろ〳〵

❈「ホトトギス」の雑詠欄が晴れの舞台に

たとふれば独楽《こま》のはじける如くなり

これは、昭和一二（一九三七）年に河東碧梧桐が亡くなったときの、虚子の追悼句です。前書きに「碧梧桐とはよく親しみよく争ひたり」とあります。子どもの遊びの独楽の勝負のように寄っては弾き、寄っては弾きあう、そんな仲だったと回想し、かつての親友を悼んだのでしょう。

碧梧桐は六三歳で生涯を閉じましたが、虚子は昭和三四年まで八五年の長寿を全うします。そして碧梧桐が途中で俳句の世界から退いたのに対して、虚子はその俳句誌「ホトトギス」を本拠に、生涯を俳句界の王として君臨し、文化人として最高の栄誉である文化勲章まで得ることになります。

どこで二人の道は違ってしまったのでしょうか。二人の対立は、有季VS無季、定型VS非定型、伝統VS前衛といった、現在でもときに論争になる「俳句の根本問題」を私たちに考えさせてくれます。

二人の師、正岡子規亡き後の明治四一年、碧梧桐は「俳句界の新傾向」論を発表、その後、全国行脚して自ら提唱した「新しい俳句の行き方」を広めていきます。そして、その新傾向俳句は、大流行の勢いとなりました。

一方、虚子は明治四一年には「ホトトギス」に雑詠欄というページを新設し、広く一般から俳句の投稿を募る新企画を始めました。ただ、当時の虚子自身の興味が小説にあったこともあって、一年足らずでこの雑詠欄は消滅します。

これが復活したのが、明治も最後の年となった明治四五年の七月号。一般からの投稿によるこの雑詠欄によって、碧梧桐の新傾向俳句の勢いを止めようとしたのでしょう。もちろん、虚子は伝統的な有季定型の中で俳句を詠んでいこうとしたわけですが、自分の俳句誌「ホトトギス」では、こうした斬新な企画を積極的に打っていくのです。

こうして虚子と碧梧桐の決別は決定的になっていきますが、打倒碧梧桐を心に秘めて、もう一度俳句をしっかりやろうと決意した虚子の一句があります。

春風や闘志抱きて丘に立つ

そして、大正時代に入って、「ホトトギス」の雑詠欄に前田普羅《まえだふら》、原石鼎《はらせきてい》、飯田蛇笏《いいだだこつ》、村上鬼城《むらかみきじょう》といった新進気鋭が続々登場し、この雑詠欄は我然、注目を浴びるようになっていくのです。先の四人に渡辺水巴《わたなべすいは》を加えた実力者が台頭し、「五人衆」、「五大家」と呼ばれるホトトギスを代表する俳人となっていきました。このあたり、名プロデューサー虚子の面目躍如といったところでしょう。

それにしても、若いころの仲の良さを思えば「どうしたんですか」というような碧梧桐と虚子の別れ方ですが、それは、師である正岡子規が見た、ふたりの性格の違いによるところも大きかったのかもしれません。子規は、こう言っています。

「虚子は熱きこと火の如し、碧梧桐は冷ややかなること水の如し」

虚子の熱い情熱は、俳句界をリードする抜群の力となりました。そして、その情熱は熱いだけではなく、新しいことをスパッと推進する決断力と、少々のことには動じない大らかさをも支えていました。

新しいことへの決断力は、たとえば「台所俳句」「主婦俳句」という形になって、女性の才能を俳句の世界に呼び込むことに成功します。

また、動じないおおらかさは、第二次大戦後すぐに、仏文学者の桑原武夫が現代俳句について「こういうものは第二芸術である」という論（「第二芸術論」）を世に出した時、虚子は「ホホウ、俳句も第二まできましたか」と笑っていたというエピソードにも表れています。

❁虚子が開いた女性俳句の扉

虚子は「ホトトギス」雑詠欄の檜舞台化、ひいては、「ホトトギス」雑詠欄の俳壇全体の中での檜舞台化に成功します。そして、この雑詠欄の第一席は「巻頭」と呼ばれ、俳壇の注目の的となっていきました。出版人虚子の狙いは当たります。

虚子の孫で現在の「ホトトギス」の主宰者である稲畑汀子《いなはたていこ》さんも、虚子のことを「漱石の『吾輩は猫である』をはじめ、芥川龍之介や女性俳人に光を当て、出版人として才能を発掘することにも熱心でした」（二〇一二年三月三〇日・朝日新聞夕刊）として、虚子のその方面の力を認めています。

その虚子の、編集者、プロデューサーとしての能力が見事に発揮されたのが、「ホトトギス」に女性の席を用意するいくつかの企画でした。

虚子はまず、大正二（一九一三）年の六月から「ホトトギス」で「婦人十句集」の企画を始めます。続いて、大正五年から「台所雑詠」、大正六年から「家庭雑詠」欄を創設し、広く世の女性に俳句を作り、発表する場を提供しました。

こうして、大人の女性、この時代はその多くが主婦だったわけですが、そういう人々に自己表現の楽しさを教え、台所俳句、主婦俳句という限界はあったにせよ、自らの生活感情を俳句という短詩型に込めるという方法を伝授したのです。

そして、虚子のこうしたアピールを受けとめた女性たちは、その「生活感情」の中に、もちろん「恋愛感情」も含まれるということを直感的に了解したことでしょう。はじめのころは台所の世界を抜け出せませんでしたが、次第に花開く才能が多彩になるにつれ、恋と愛をベースにした素晴らしい句が生まれ始めます。

虚子のこうした女性の才能への注目と理解について、上野さち子さんは『女性俳句の世界』で次のように述べています。

――虚子のこの時期における先見性は、見事というしかないが、ひとつには虚子の子に女子が多かったことも与《あずか》って力があった。――

確かに、虚子には二男六女(一人は早世)という子どもがありました。その長男が「ホトトギス」を後継した年尾《としお》であり、次女が俳誌「玉藻《たまも》」を創刊する立子《たつこ》(星野立子《ほしのたつこ》)でした。とりわけ、立子には虚子が「立子が男であったなら……」と嘆息したという天賦《てんぷ》の才がきらめいていたようです。上野さち子さんは続けてこう指摘しています。

――「女子」も本質的に「男子」に劣るものではなく、むしろ男性にはない別のすぐれた詩性をもつことを、父親の眼によって発見し、その可能性を生かそうとしたのである。虚子の偉大さは、それを自分の家族のみでなく、広く一般の女性にまで拡げたところにあった。時代の方向を彼は見ていたのだ。――

その虚子の女性俳句発展にかける努力を、最も近くにいて助けた、いわば側近のような女性俳人がいました。長谷川かな女です。

❀俳壇のマドンナ、長谷川かな女

長谷川かな女は明治二〇（一八八七）年、東京は日本橋生まれ。昭和四四年、八一歳で没するまで、長く第一線の俳人として活躍しました。

かな女は明治四二（一九〇九）年に長谷川零余子《はせがわれいよし》と結婚してから俳句を始め、「ホトトギス」に投句。虚子が大正二年にスタートさせた「婦人十句集」へ参加し、本格的な作句活動に入ります。

虚子が女性俳句の扉を開いたとはいえ、短歌に比べれば、まだ女性は少数派。その中で「婦人俳句会」の幹事を任されたかな女は、次第にリーダー的存在になっていきます。任せるよ、と言われて引き受けるのもなかなかのことですが、こういう人がいなければ物事は前に進みません。まだまだ封建的な雰囲気が色濃く残る大正初期であればなおのことです。

そうした中、先に挙げた「ホトトギス」の五人衆の一人、原石鼎に「あるじよりかな女が見たし濃山吹《こやまぶき》」と詠まれるまでの存在となっていきます。ひょっとしたら濃山吹の濃には恋がかかっているかもしれませんが、ともあれ、この句のあるじとは、かな女の夫で当時の「ホトトギス」の重鎮でもあった長谷川零余子のこと。

この石鼎の句からもわかるように、男社会の俳壇の中で、かな女はひとり輝くマドンナのように見られていた女性、しかも濃山吹のような鮮やかなはっきりとした色合いを持ち味とする女性だったのでしょうね。

そうした世間の見方を引き受けて退かない芯の強さ、柔軟さ、日本橋生まれの都会的センス、その陰にあるある種の凄み、こういったさまざまな要素を兼ね備えた女性だったと思われます。

まさに、どの分野でも黎明期のリーダーにはこういう存在が必要です。

だからこそ、大正四年から六年にかけて虚子が発表した「ホトトギス」の基本方針ともいうべき「進むべき俳句の道」の中で、女性でただひとり句が取り上げられ、論じられているのでしょう。

また、だからこそ、同性の見る目も厳しかったのか、のちに虚子及びホトトギスと軋《あつ》轢《れき》を生じることになる杉田久女《すぎたひさじょ》から次のような句をぶつけられています。

虚子ぎらひかな女嫌ひのひとへ帯

「虚子も嫌いだけど、かな女はもっと嫌い。大ッ嫌い!」

個性的なふたりの女性の間に、濃厚な気配が立つような一句ですが、実は、この久女の句の前に、かな女も相当強烈な句を発表しているのです。

呪ふ人は好きな人なり紅芙蓉《べにふよう》

かな女、大正九（一九二〇）年の作。いきなり脳ミソに張り付くような一句です。この「好きな人」の「好きな」という措辞は、「好ましい」とか、そういったあいまいな解釈を許しません。ストレートに「好きな人」です。ラブ、です。愛憎裏腹、愛憎相半ばとはよくいいますが、愛の向こう側で、憎むよりも「呪う」という言葉に行き着いたところに、かな女の人間理解の深さがあります。

しかも、「なり」の切れ字で言い切ってしまい、あとは全体のイメージを紅芙蓉にゆだねる潔さ。ここまでいわれると呪いのことばも「かっこいい」ということになってしまいます。先の原石鼎など「呪われてみたい！」と思ったのではないでしょうか。

✲爆走するかな女

昭和三（一九二八）年、「ホトトギス」の重鎮で、虚子、村上鬼城に続いて「主婦の友」俳句欄の選者を任されていた夫の長谷川零余子が亡くなります。実は、この零余子と杉田久女の仲についてかなりの風聞があり、先の「呪ふ人は」の句は、そのことを背景としているのだという人もかなりいるのです。

長谷川家に養子に入った零余子は、かな女が俳壇でスターになっていくのが面白くなかったのか、同世代でこれもスター候補生だった久女に近づいたというのですが、その展開だと「呪う人は」の句に深みも面白みもなくなりますので、ここではスルーしておきます。

この昭和三年には劇作家、小説家の長谷川時雨《しぐれ》が「女人芸術」を創刊しますが、そこにかな女も参加します。

「女人芸術」は女性による女性のための総合文芸誌で、「青鞜」に寄稿していた与謝野晶子、岡本かの子、平林たい子などのほか、山川菊栄、宮本百合子、佐多稲子など、歌人、作家、評論家といった肩書を持つ、当時のそうそうたる女性たちが集いました。

その中に、長谷川かな女というプロの俳人の名前があるのは、平塚らいてうの俳句とはまた違った意味で、女性の表現史としても大きな意義があると思います。

ただ、昭和戦前の日本が次第に軍国主義化していく中、表現の自由、思想の自由が奪われていき、この「女人芸術」も数度の発行禁止のすえ、昭和七年（一九三二）年に廃刊を余儀なくされます。

昭和七年はプロローグで紹介した「婦人画報」一月号の「代表女流名鑑」が出た年で

す。私は、この名鑑に女性俳人の名が少なすぎると驚いたわけですが、入っていた数少ない女性俳人の方々の名前を、ここに記しておきましょう。

本選に、長谷川かな女。そして伊藤とう子、永島美香子、藤枝柳子、松本繁子の五人。全体で本選一〇六六人ですから、五人は、やはり少ない。またこの中で、現在、女性俳句史的に名前が残っているのは、これもやはり、かな女くらいでしょうか。

ともあれ、長谷川かな女は、俳句の世界独特の「師弟」という見方からすれば虚子の女性弟子第一号ということになるでしょう。そのため、その俳句も虚子流の花鳥諷詠かと思われがちですが、実はかなり激しい調子の句を作っていて、びっくりさせられます。かな女は、昭和五（一九三〇）年に、自らが主宰の俳誌「水明」を創刊し、活動の拠点としながら、先の「女人芸術」をはじめ、ほかの女性誌にも寄稿しています。

たとえば、「婦人画報」の昭和八（一九三三）年三月号に掲載された「三月の俳句五句」と題する作品。これはもう、ものすごすぎて、読むほうも、いわゆる「鑑賞」などしていられない！という気分にさせてくれる意欲作といいますか、問題作ぞろい。

花蜜《はなみつ》に命うるさし歌を詠む

啓蟄《けいちつ》や走る自動車皆とまれ
春の灯に金粉けむる睫《まつげ》かな
残雪や水しむ靴に爪紅く
谷に住む二人の上よ大雪崩

どうでしょう。五句、続けて読むと、何か大恋愛ドラマがそこに展開されているように思えませんか。

一句目。花蜜の甘く濃密な香りと味。そのような恋に命が燃えあがるような思いがして、伝統の和歌でラブレターのやりとりをしたのでしょうか。「うるさし」は、何か気持ちがざわざわして落ち着かないわけです。

二句目。もう破れかぶれの気分ですね。こういうのは意味を追ってはいけません。かえってつまらなくなります。もう、春じゃ春じゃで、いつまでも地下に潜っていてもしようがないよ、といった気分。イケイケの開放的気分を大いに味わいましょう。

三句目は、長いまつげが春のおぼろげな灯を受けてまるで金粉を散らしたよう。それくらい顔と顔を近づけて見つめあっているということなのでしょう。たっぷりすぎる情緒がおかしい。

そして、結局、まだ雪の残る山の温泉か何かに恋の逃避行。雪が解けてきて白い靴にグジュグジュしみ込んでくる。冷たく凍える足の爪には、これはペディキュアでしょうか。いや、前年の七年「婦人画報」新年号では最新流行として「家庭でできるマニキュアセット」を取りあげていますけれど、まだペディキュアはありえないとすれば、血がにじんだのですね、きっと。

そして五句目。なんと、ふたりが隠れ住む谷間の仮寓《かぐう》の上に大雪崩がやってきたというではありませんか。これはもう、写生どころではありませんね。写生しているより、救援隊を呼ばなくちゃいけませんよ。

となると、「大雪崩」は、メタファでしょう。たぶん「谷」もメタファ。すると、四句目の「残雪」も、三句目の「金粉」も、二句目の「自動車」も、みんなメタファということになりませんか。

こうなれば、果てしなく現代詩に近づいていきますね。ひょっとしたらこれは、長谷川かな女の「五行で書いた現代詩」だったのかもしれません。

ただ、いろいろないきさつがあって、最後は大悲劇、つまり、ふたりの大恋愛、大逃避行は、世間の許さぬところとなって、大非難、大中傷をうけ、悲劇的な結末になってしまった……というモチーフ、テーマは間違いないところでしょう。そうでなければ最後の「二人」が生きません。

この展開は、俳句という形を借りたフィクションでしょうか。あるいは、時期的に「女人芸術」が廃刊に追い込まれたあとだけに、それに関連する事件があったのか。

いずれにしても、ドラマチックにロマンチックな気分を添えての疾走感。読む者をドキドキさせてくる俳句など、そうあるものではないと思います。

とりわけ、二句目の「**啓蟄や走る自動車皆とまれ**」など、ロックですね、もう。

昭和戦前も一〇年くらいまでは、東京は物質的にも文化的にも世界の最先端を行く勢いがあったようですが、かな女のこの五句には、そうした「魔都」ともいえる大都会のめくるめくような華やかさ、あやしさ、スピード感のようなものも感じられます。

❀かな女の衰えぬつやっぽさ

しかし、そうこうするうちに、昭和一一年の二・二六事件あたりから急速に世相が暗くなっていき、日中戦争からアジア太平洋戦争へと戦線は広がっていきます。そうした中、勇ましい俳句も増える情況をよそに、かな女は女性の眼で冷静に社会を見詰め、次のような一句も残しています。

秋風や皆子を負へる兵の妻

この情況を自分に引き付ければ、たとえば若き日に詠んだような「好きな人」も、死と隣り合わせの苛烈な戦場に赴いたのかもしれません。日中戦争に入って二年目、すべての国民を戦争のために動員してもかまわないという「国家総動員法」が成立した昭和一三年に、かな女が作った一句があります。

この句を恋の句、愛の句と読めば、好きな人を戦場に連れ去ったものへの冷徹な批判と激しさを秘めた静かな怒りが肺腑をえぐるように伝わってきます。

火の燃ゆる石を抱きぬ秋の夢

そうして、妻子のある男も、学生も、少年までも、ほとんどの男が兵として戦場に駆り出されたあと、残された女たちにも昭和二〇（一九四五）年の夏がやってきます。昭和二〇年、日本の敗戦直前に作られた次の一句。

西鶴《さいかく》の女みな死ぬ夜の秋

何もかもなくしたあとに残るもの、愛欲も含めて、生きるということの素晴らしさを井原西鶴の『好色一代女』『好色五人女』は教えてくれたけれど、さて、街も人も焼き尽くされた戦争のあとに何が残るのだろうか。身を焼くような恋も、死んでもいいと思うような愛の日々も、すべて「物語」だったのだろうか。盛夏だと思っていたら、夜ははや秋の気配。これを「女ざかり」が過ぎていく感覚、と読むのも、決して、深読みではないと思います。

この、もうどうでもいいわ、とでもいうような感じは、激しい恋のあとのけだるさに似ているかもしれません。また、そこが妙につやっぽい。

そうして、最晩年に至った昭和四三年、八〇歳を超えて、かな女の世界に再びに強烈かつどこか爽快な一句が登場します。

青柿落ちる女が堕《お》ちるところまで

堕ちる、という表現が導く何ともいえないエロチシズム。しかも、それが青柿というシンボルの中で語られる一種の生気。堕ちていった先に、かな女はどんな「愛」を見ていたのでしょうか。あるいは、堕ちていく先は「浄土」かもしれませんね。

あのむずかしい顔をした飯田龍太が、かな女への追悼文で彼女の印象を、「男性にはどうしても持つことの出来ない女性の老境の知性とはこんな姿だろうということであった」と書いています。そして続けて「こういう感性を示す詩情のみずみずしさは何とも見事である。いやむしろ、それだけの年輪を重ねて初めて見えてくる世界といってもいいかもしれぬ」と言っています。

こういう一文を読むと、年輪を重ねることが楽しみになった、という女性もいることでしょう。若いころの「濃山吹」のかな女も見たいけれど、老境のかな女にも会いたかった、そんな気がしてなりません。

❋竹下しづの女の痛切な一句

上野さち子さんは、「虚子は時代を見ていた」と書いていますが、確かに「台所俳句」のような身近なところから始めていいから、自分で表現することの喜びをまず覚えなさい、というのが当初の虚子の思いだったのではないかと思います。しっかりとした表現力を身につけていけば、多くの女性が自分の感情を解放できる、そういうある種楽天的な展望は、虚子の持ち味ともいえるものでした。

ただ、当時の女性を巡る情況は、相変わらず厳しいものがありました。相当な教育を受けた女性でも、また、自立した職業を持っている女性でも、いったん結婚をし、子どもが生まれれば、ひとまず「自分」は置いておいて、家庭優先、子ども優先で生きなければならない。これが現実でした。

そうした情況の中から、あの天下の注目を浴びる「ホトトギス」雑詠欄の「巻頭」に登場した女性がいます。竹下しづの女です。

竹下しづの女は、長谷川かな女と同じ明治二〇年に福岡県で生まれています。そして、福岡女子師範を卒業後、東京音楽学校（現・東京芸大）を受験するなどの苦節を経て、小学校の教員や師範学校の音楽と国語の教員を務めています。

そうした職業婦人でも、結婚、出産、子育てとなれば、先述のように優先しなければならないものがあります。その中で生まれた鬱勃《うつぼつ》とした思いが一つの俳句に結実し、しづの女を「ホトトギス」の巻頭作家としたのでした。

短夜や乳ぜり泣く児を須可捨焉乎《すてっちまをか》

蒸し暑い夏の夜、乳をほしがってビービー泣いているこの子を、いっそ……、という思い切った表現。しかも「すてちまおうか」という投げやりな気分の部分を逆に硬い漢字で表記したという技巧。

大正九年の「ホトトギス」八月号の巻頭を飾ったこの句については、俳句としてどう評価するかというよりも、女性俳句の先駆けとして位置付けるという受けとめ方が多いように思います。それだけ、テーマもモチーフも表現の仕方もいわばエキセントリックだということですね。

ただ、俳句を始めて一年足らず、「ホトトギス」のバックナンバーを読みとおし、「俳句でも自己があり、自己を現し得るものだ」と知った一人の女性の叫びのような一句は、誰の胸にも深く突き刺さってきます。

この句は、男女間の恋の句でも愛の句でもありませんが、次に挙げるしづの女自身の解説をきちんと受けとめておきたいということで紹介することにしました。

「(大正八、九年という)過渡期に半ば自覚し、半ば旧習慣に捕えられて精神的にも肉体的にも物質的にも非常なる困惑を感じせしめられている中流の婦人の或る瞬間の叫びであります」

虚子はこの思いを一句の中からきちんと受けとめたからこそ、天下の「ホトトギス」の巻頭句としたのでしょう。そして、この一句の向こうに膨大な数の、しづの女がいうところの「叫びをあげる中流の婦人」の姿を見たのでしょう。その視点、その感覚に脱帽です。

それにしても、どう見ても評価が分かれそうなこの句を、俳壇および全国の俳句愛好者注視の檜舞台にあげたその度胸こそ、虚子の本領。虚子自身の俳句の融通無碍《ゆうずうむげ》とでもいえそうな幅の広さと同じく、「なんでもあり」ではないかと評されるかもしれません。

しかし、何事かを一気に広めようとするときには、ときにはったりにも似た、こうした「これでどうだ！」という決定的な一打が必要だということを虚子は充分承知していたのでしょう。ですから、この一句のあと、てのひらを返したように、虚子はしづの女の句を評価しなくなります。

そのかわり、確かに、虚子は「時代を見ていた」のです。

時代のキーワード▼❹

台頭する職業婦人

大正期の年表を見れば一目瞭然ですが、しづの女が過渡期と認識していた大正八、九年というのは、仕事をする女性が急激に増えてきた時期です。たとえば女性の事務員が急増し、バスガールやデパートの店員、アナウンサーの登場など、女性の仕事といえば教員ぐらいしか思い浮かばなかった明治期と比べると、大きな変化が感じられました。

その時期を象徴する言葉が「職業婦人」。そして、大正八年に第一回ＩＬＯ（国際労働機構）の総会が開かれていますが、翌九年には日本でも平塚らいてうや市川房枝らによって新婦人協会が発足し、「男女の機会均等、男女の協力」といったコンセプトの啓発運動が起こっています。ただ、「男女雇用機会均等法」（昭和六〇年・一九八五年）の成立までには、ここから七〇年近い、長い長い月日を要することになります。

❋百万部雑誌「主婦の友」に俳句欄

さて、虚子の時代を見る眼は、自分の俳誌「ホトトギス」の斬新な活用の仕方だけに生かされていたわけではありません。虚子は大部数を誇る主婦雑誌と手を組むことで、さらに大きく女性俳句の世界を広げていこうとします。「主婦の友」の大正一一年一月号から始まった読者投稿による俳句欄の創設がそれです。

虚子は、主宰する俳句誌「ホトトギス」で、女性たちに俳句という手段で自分の気持ちを表現する喜びを教え、それを世間に発表する「場」を提供しました。そして、虚子のその気持ちは女性たちにきちんと受けとめられ、それがたとえ台所周辺のテーマであっても、ほかの誰でもない、自分自身の才能を発揮できる嬉しさという「宝」を彼女たちは着実に摑んだのでした。

しかし、当時の社会で俳句誌を読もうというような女性は、やはりある程度高い教育を受けた人に限定されていました。ですから、さらに広い層に、この女性俳句を普及させていくにはどうすればいいのか。そのことを虚子は継続的に考えていたのでしょう。

「主婦の友（創刊時は、主婦之友）」は、大正六（一九一七）年二月に石川武美《たけよし》によって創刊されました。石川は大分県出身で、旧制中学校中退以降東京に出て、いわば小僧からのたたき上げで出版事業者となった立志伝中の人。当時は、「婦人画報」「婦人世界」「女学世界」など主要七誌が女性誌マーケットで競っていましたから、「主婦の友」の創刊は、石川の大きな賭けだったはずです。

ただ、ほかの女性誌のように「婦人」を冠することなく、あくまで「主婦」を冠した女性誌を作ろうとしたところに、石川の新しい時代を見る眼、確固としたポリシーがうかがえます。それまでの女性誌は、知識層の女性、上流階級の女性に支えられたものでしたが、石川の狙う読者層はそこではなく、大正時代に急増し大衆化した中流の女性たち、主婦こそが新しいターゲットだったのです。

「主婦の友」の創刊号は菊判の一二〇ページ。一二年前に創刊した「婦人画報」より版型はやや小ぶりですが、ページ数は読み物などを含めてやや多い造り。定価を見ると、「婦人画報」が三〇銭、「婦人之友」二〇銭、「婦女界」一七銭のところを、「主婦の友」は一五銭としました。「婦人画報」の半額。それで創刊号一万部。

石川の狙いは的確で、大正一〇年代に入ると二〇万部を超え、家計簿や別冊付録といった画期的な企画が大当たりした昭和初期には一〇〇万部超というとんでもない雑誌、日本一の女性誌、いわば国民的雑誌となっていくのです。

「主婦の友」創刊の前年、大正五年には「婦人公論」が創刊されますが、高浜虚子が提携の相手として選んだのは「主婦の友」でした。

この虚子の選択眼の正しさは、その後、「主婦の友」が主婦雑誌、女性誌の王者として長く君臨したことで証明されています。

❁「主婦」という新しい女性層の誕生

当時の有力な女性誌のほとんどが上流階級の婦人を対象としていて、その頃雑誌を買って読む女性といえばそういう人、という認識がもっぱらでした。ですから、「婦人」という広く女性を示す言葉を冠に使いながら、現実には逆に読者は限定されていたのです。

その点、石川は女性の層として現実に一番多いのはどういう部分か、よく知っていました。ですから、一見、「婦人」より対象をせばめたような「主婦」という冠をあえて採用したのでしょう。その層こそが、これからの雑誌の読者の主流になる、という確信。それは、主婦とはどういう存在か、きちんと分析ができていたのではないでしょうか。

主婦とは何か。それは単に炊事、洗濯などの家事や子育てに専念している存在というわけではありません。逆にいえば、専念できる幸せな存在だということです。

その背景には、サラリーマン、月給生活者の急増という時代背景があります。日本の資本主義の発達に応じて、産業は工業化、大企業化し、工場労働者や会社員といった月給取りを大量に生みだしました。年表をチェックするとわかるように、大正八年には東京で俸給生活者組合、つまりサラリーマン同盟のような組織も立ち上げられています。そして、この月給によって一カ月の、あるいは一年の生活を上手に運営していくことを任された存在、それが月給取りの妻、主婦だったわけです。

それは、たとえば農業とか漁業といった第一次産業に従事し、朝から晩まで働き、なおかつ収穫に一喜一憂する生活が大半だった明治の女性たちにとって、夢のような女の立ち位置。「主婦」というのは、そうした農家や下層に育った女性たちにとっては、あこがれのことばだったでしょう。

家事に専念してればいい。子育てのことを一生懸命考えていればいい。「主婦」ということばは、たぶん、後年の「キャリアウーマン」とか「セレブ」などよりも光り輝いていたのだと思います。それは、時代が下ってからの感覚でいう「ぬかみそ臭い」とか「おばさんぽい」といったイメージでは決してなかったはずです。

たとえば、創刊号の「夫の意気地なしを嘆く妻へ」（新渡戸稲造）とか、「私の感心した独逸（ドイツ）の主婦気質」（山脇玄）などは大正期らしい知的な匂いもあり、一方で「子供が出来ぬといはれた私の出産」とか「お金を上手につかふ五つの秘訣」、あるいは

「女子供にも出来る有利な副業」とか「主婦らしきお化粧法」といった記事などは見事にリアリティに訴えかけるものだったに違いありません。

また、そのあたりに国が求める「良妻賢母」モデルとは違う、クリスチャン石川武美の「良妻賢母」像があったのではないでしょうか。

あるいは、その後にはっきりしていく女性誌の「教養誌」型と「生活誌」型の分化も、このときから始まったといえます。

主婦という言葉そのものは以前からあったものでしょうけれど、石川武美が「主婦の友」を創刊した時こそ、日本史上に初めて本当に「主婦」が誕生した瞬間だったのです。

あの、「結婚したら主婦の友」という大胆不敵なキャッチフレーズも、それが現実となっていく時、女性は我も我もと「主婦の友」を求めるようになっていったのでしょう。

そして、その中には、自分にも手の届く夢として「結婚したら」こういう主婦になりたいわ、という未婚の農家の娘や漁師の娘たちも大勢いたのだろうと思います。

つまり、「結婚する前」から「主婦の友」。こうして、「主婦の友」は女性誌を代表して国民雑誌となっていったのです。

✿「実用」と「わかりやすさ」と「写生」

さて、虚子はなぜ提携先に「主婦の友」を選んだのか、という問題です。それは、虚子が、それまでの雑誌とは違った石川武美の編集方針に共感したからではないか、と思われます。石川は、まず徹底的に生活に密着した誌面づくりを進めます。ことばをかえれば実用です。

きちんと家事、子育てをやり、月給をもってくる夫に尽くす。そうした主婦の生活を「主婦の友」を購読することで確認する。多分それは喜びに満ちた行為だったことでしょう。

ただ、主婦はシビアに生活を運営しなければなりませんから、定価は「婦人画報」の半分の一五銭。これでいける。石川は、もちろん企画も的確に連動させています。

創刊号に「共稼ぎで月収三十三円の新家庭」「六十五円で六人家内の生活法」、次号でさらに具体的に「月収二十六円の小学教師の家計」「月給三十五円の地方官吏の生活」、次々号では「五年間に千円を貯金した農業技手の家計」といった企画を連発します。

そして、記事は納得できるまで取材して、わかりやすくまとめる。それは、小学校卒程度の学力でも理解できること、という方針のもとに徹底されていました。

この実用とわかりやすさで急速に部数を伸ばしていく女性雑誌「主婦の友」。ここに、自ら女性俳句に扉を開いた俳人・編集者の高浜虚子が注目しないわけがありません。

こうして、大正一〇年の「主婦の友一二月号」に投句募集に向けて高浜虚子の「俳句のはなし」という一文が寄せられます。三ページ、約四千字の原稿。

そこで虚子は、いきなり一行目から「俳句というものは、まずこんなものです。」と書き出します。いわば、前略スタイルですね。俳句を紹介する文書としては、空前絶後！　まさしく実用です。

続けて、よい俳句の例として「**秋雨や水底の草を踏みわたる**」「**村百戸菊なき門も見えぬかな**」「**落ち穂拾ひ日当る方へあゆみ行く**」など、与謝蕪村の句を挙げて丁寧に説明しています。

芭蕉ではなく、例句の五句すべて蕪村。ここに、正岡子規の流れをくむものとしての虚子の矜持《きょうじ》が見えてくるようです。

そして、最後の行を、「要するに以上の句のような素直なありの儘《まま》な写生句を作られんことを希望します。」と締めくくりました。

つまり、蕪村の句のように「素直な」「ありのままな」写生句を作るよう、強く勧めています。「要するに」理屈抜き。まさにこれ、実用！　というほかありません。

この「俳句のはなし」の翌月、大正一一年の一月号から虚子選による読者投稿の俳句欄が始まりました。賞金は一等二〇円、二等一〇円、三等五円。「主婦の友」の定価が四〇銭ですから、この賞金は高額で、魅力的だったと思います。

ちなみに、この号の第一特集は「中年婦人の恋愛――中年婦人の性欲と恋愛・恋愛と年齢の関係について・人間らしい真実の愛を」。第二特集が「男女初恋の思いで――恩師との間に生じた悲しい初恋・片思ひに悩んだ私の思い出・青年を失恋に陥れた私の思い出」。

そして、虚子は大正一五年の新年号から「ホトトギス」五人衆のひとり村上鬼城に選者の座をゆずり、さらに同年九月号からこれも高弟の長谷川零余子（かな女の夫）に三代目選者を後継させます。選者を退くまでの四年間、虚子は全国の女性から寄せられた膨大な数の俳句を読み、選び、その後多くの雑誌でも常識のようになっていく「読者投稿」俳句欄スタイルの基礎をしっかりと築いたのでした。

大正一三年六月号　佳作　「久々に君訪れて春めきぬ」　広島・谷悦子
昭和二年一月号　秀逸　「鬼灯に人妻なれば淋しさよ」　奈良・中西静江

✿スーパースター杉田久女の深い悩み

こうして、俳句界だけでなく、マスコミ界にも大きな位置を占めるようになった虚子に、最初は認められながら、結局は軋轢《あつれき》を起こし、その後が、ある意味不遇な生涯となってしまった女性俳人がいます。

先の長谷川かな女の項でちょっと紹介した「虚子ぎらひかな女嫌ひのひとへ帯」という一句を作った人、杉田久女です。

彼女の生涯は、松本清張『菊枕』、田辺聖子『花衣ぬぐやまつわる……わが愛の杉田久女』、秋元松代『山ほととぎすほしいまま』といった巨匠たちによって、モデルとして小説化されたり戯曲化されたりしています。ですから、俳句に興味にある人以外にもその存在や名前はよく知られています。また、その作品の中には国民的俳句といっていいほどよく知られたものもいくつかあります。杉田久女は、まさに俳句史上のスパースターの一人といっても差し支えないでしょう。

杉田久女は、先に紹介した竹下しづの女や長谷川かな女の少しあと、明治二三年（一八九〇年）に大蔵省の役人であった父の任地鹿児島で生まれています。そして、昭和二一（一九四六）年に五六歳で、悲劇的とも天才型とも称されるその波乱に満ちた生涯を閉じています。

簡単に久女の生涯をたどっておきましょう。鹿児島に生まれた彼女は、官吏の父の転勤に伴い、沖縄、台湾で一二歳までの少女期を過ごします。そして、お茶の水の高女、東京女子高等師範付属高等女学校に進学、最優等の成績で卒業後、一九歳で福岡県小倉中学校の美術教師であった杉田宇内と結婚。娘がふたり生まれます。

この結婚の現実は、「芸術家との結婚生活」という久女の夢とはどうやらずれていたようです。夫はまじめに教師生活を務める人ですが、必死に絵を描こう、芸術に命をかけようといった、いわゆる芸術家タイプではありません。元来、作家志望、芸術家気質の久女の思いは、子育てと家事に専念する質素な暮らしの中で鬱屈していきます。

大正五年頃から兄に俳句の手ほどきを受けた久女は、「ホトトギス」に投句を始めます。そして大正八（一九一九）年の「ホトトギス」六月号に次の一句が掲載され、俄然、久女は俳壇の注目の的となります。久女、二九歳。

花衣ぬぐやまつはる紐《ひも》いろ〳〵

近代の女性俳句の中で、もっともよく知られているもののひとつといって間違いないでしょう。この句の掲載時、虚子も「女の句として男子の模倣を許さぬ特別の位置」と、絶賛に近い内容で評を与えています。

確かに、実感としても、女性の着物に関する紐のいろいろ、それが身体、肉体に与える感触というのは、男子には決してわからないものです。ただ、虚子が「特別の位置」とまで言っているのは、単にそうしたことだけではありません。その女性の身体を縛る、いろいろな「紐」の象徴性、その意味するところを十分にくみ取ったからにほかなりません。

逆にいえば、久女も単に、花見から帰ってきて「ああ、疲れた」と言って着物を脱いでいくけだるさ、あるいはそこに広がっていく華やかな着物や帯の様子を客観写生として、あるいは耽美的に表現したかったわけではなかったのでしょう。

花見にまつわるつきあいのうっとうしさ、花見の時はこういう着物を着るものだという女としての身だしなみのめんどくささ、こういうごちそうを主婦としては用意しなければ世間体が悪いといったプレッシャー、一見華やかだけれど、それはすべて約束事に縛られた世界、そのことを象徴する「紐」。

下五を「紐いろ〳〵」と字余りで言いっぱなしにした技巧も含めて、良妻賢母モデルの「主婦」になりきれない久女の「ああ、いやだ。ああ、うっとうしい」といった万感がこもる一句となっているわけです。

この「女」としての「万感」を、虚子という人はわかってくれた。きちんと受けとめてくれた。きっと久女はそう思ったことでしょう。心の表現、つまり「内面」を認めてくれたということは、一個の「人間」として認めてくれた、ということですからね。

そして、隣を見れば、芸術家かと思って、わくわくしながら結婚した夫が、田舎教師の勤めにいそしむばかりで、絵のひとつも描こうとしないでいる。ああ、いやだ。

ここから、俳句にのめり込み、一方的に、虚子という男性にのめり込んでいくのもわかるような気がします。

久女自身も、そうした懊悩《おうのう》を持て余していたのかもしれません。大正一〇年

（一九二一）年には、こういう句を作っています。

われにつきゐしサタン離れぬ曼《まん》珠《じゅ》沙《しゃ》華《げ》

「サタン」とは何か。頭を抱えて、「ああ、いやだ」とつぶやいている久女の姿が見えてくるようです

❋女性俳人も女性誌読者も虚子の指導下に

久女の「ああ、いやだ」は、「ホトトギス」の大正一一（一九二二）年二月号掲載の次の一句にさらに強烈に表れます。世の中では「職業婦人」ということばが流行中でした。

足袋《たび》つぐやノラともならず教師妻

久女の代表作のひとつで、久女といえばこの句を思い浮かべる人も多いと思います。

ただ、逆に多くの人の脳裏に刻みこまれて、この句が久女のイメージをつくってしまったような、いわば不幸な立ち位置にある作品かもしれません。

しかしながら、明治憲法下の旧民法によって家制度の中のひとつの道具のように位置づけられていた女性、良妻賢母という生き方を押しつけられ、自分の生き方というものを持てなかった、いうところの「負の時代」を生きた女性たちの心情をリアルにとらえ、鮮やかに表現した一句であることには違いありません。

現代の生活の中ではまったくわからなくなった家事のひとつかもしれませんが、穴のあいた足袋を繕《つくろ》うなどという作業は、主婦業の基本中の基本、いわば主婦業の象徴でした。でも、それはそうでも、「私はこんなことをするために生まれてきたんだろうか」という思いがこみ上げてきて、ふとその運針の手を止めている。そんな姿が、いやおうなく浮かびあがってくる、非常に印象の深い一句です。

お茶の水の高女の教育を受けても、結婚すれば家庭に入り、夫を支え、子育てをし、舅、姑に尽くす。これが、教師妻という月給取りの妻イコール主婦の現実でした。そして、そういう主婦の生活にあこがれる農山村、漁村の娘たちがいる一方で、「ノラともならず」に、夫や子どもの穴の開いた足袋を繕っている自分にいらだっている「女」がいたのです。あるいは、乳をせがんで泣く子を「捨てちまおか」と一瞬思った「女」が、この時代に確かにいたのです。

そして、そういう思いを託した俳句を「よし」とした、俳句界の巨匠がいたのです。

ここに俳句界のリーダー、虚子の懐の深さ、いってみれば見識の広さ、そして凄みのようなものが見えてきます。

この句が「ホトトギス」に掲載されたのが大正一一年の二月号、そして先に紹介したように、同じ年の一月から「主婦の友」で虚子選の読者投稿俳句欄が華々しくスタートしています。

かたや、「主婦」という言葉に夢を持ち、夫の月給をもとに家事と育児に専念することに自己実現を求める女性たち。かたや、夫の世話や家事、育児に桎梏《しっこく》を感じ、そうした主婦業から脱却することで自己実現を完成させようとする女性たち。この双方の層が同時に存在するようになったのが、この大正中期以降ということになります。

そして、その両方の女性の層が、どちらも虚子に指導されている、いわば虚子のてのひらの上にある、という状況も、これまたその後の虚子の文化界での巨峰ぶりを見るとき、非常に興味深い情況だといえるでしょう。

いずれにせよ、大正中期において、「主婦」ということばを輝かしく捉えた女性の層が圧倒的多数ならば、しづの女や久女のように「主婦」の陰の部分に鬱屈を感じている女性も少数ながら、確実にいたということです。その鬱屈とは、この時代を女性の過渡期と捉えていたしづの女や久女にとって、主婦という立場のみならず、女性を縛る「いろいろな紐」に対するものでもあったことはいうまでもありません。

このことは、ことばをかえれば、たとえば女性が俳句をやるにしても、ほとんどが「家や夫の許しを得て」、「俳句などをやらせてもらっている」という現実を物語っています。その「現実」のいろいろな「紐」を、どう自覚的に捉えるかどうか、という問題ですね。

またそして、ここで噴出した女性たちの鬱屈は、本質的にその後も変わらず、五〇年から六〇年の後の一九七〇年代から八〇年代に起きた「妻たちの自分探し〝青い鳥症候群〟」や「妻たちの思秋期」、「金曜日の妻たち」といった現象に続いていくのです。同時に、そのころから急速に「主婦」というフレーズは輝きを失っていくことになります。

時代のキーワード▼❺

「ノラ」的生き方

ノラは、ご存じのようにイプセンの有名な戯曲『人形の家』のヒロイン。ノラは自分を人形のように扱う夫に懸命に尽くす中で自我に目覚め、最後に家を出ます。このことから、「ノラ」は自我に目覚めた女、自立する女の代名詞となりました。

ですから、久女の「ノラともならず」というのは、自我に目覚めながら家を出る決心もつかない、ノラをうらやましく思いながらうじうじイライラしているだけの自分、という自虐。さらに踏み込めば、この自虐の先には、もちろん夫への愛想尽かしと理想の人との恋愛願望が読み取れます。

久女のこの時代の先端を行くような句も、実は、本歌取りなどという教養がベースの俳句の技巧の伝統にのっとっているのですね。

何しろ、一七音の表現世界ですから、ノラといえばこうなのよ、それにかこつけてこうなのよ、といった短歌的な説明をしている暇がありません。俳句は、「ノラ」といえば、ね、私が何をいいたいか、おわかりですよね、という世界。

本歌取り、省略、象徴といった俳句の表現技巧を生かす中で、久女はイプセンの『人形の家』をもってきたわけです。ここに大正という時代が濃く匂い立ってきます。

いずれにせよ、大事なことは、この本歌取りや象徴化といった技巧が成功しているかどうか、たとえば俳句を詠む人、読む人にとって「ノラ」の生き方が共通認識になっているのかどうかということです。

イプセンは、明治以降、日本の近代の文化人に大きな影響を与えたひとり。その代表的作品『人形の家』や『ヘッダ・ガブラー』は、明治期から翻訳されました。とりわけ『人形の家』は、坪内逍遙《つぼうちしょうよう》や島村抱月《しまむらほうげつ》などの文芸協会が手掛け、『人形の家』の主役ノラを演じた松井須磨子はスター女優になっていました。

平塚らいてうをリーダーとする「青鞜」でも、イプセン劇や『人形の家』は企画に何度も登場し、ノラ的生き方は、自我に目覚めた女性の方向性を示すものとして頻繁に取り上げられました。

こうして、この久女の句が作られた大正一一年ごろには「ノラ」は俳句に関わるような知識階層には、あるイメージを伴う共通認識が形成されていたわけです。また、一般的にも、

「ノラ」と「青鞜」に集う女性たち及びその支持者たちをさす「新しい女」は、この時代の流行語的な扱われ方をしています。

ただ、こういった時代背景が理解できていない現代女性の中には、この「ノラともならず」の悩みの深さが通じないらしく、「足袋を繕うような教師の妻の貧しい生活だけれど、野良犬のような生活にならなくてよかった、とホッとしている句」という、笑えないギャグのような解釈も生まれているという話があります。

❁久女の〝張り通す女の意地〟

しかしながら、ここまで家庭に対する不満、夫に対する不満を世間に公表されたら、夫のほうはたまりませんね。

「何が一体気に入らないんだね」

「それがわからないところがいやなんです」

こんなふうな感情のやりとりが夫婦の間であったのでしょう。当然、家庭不和となりますが、でも結局、離婚にはいたりません。

時に、不平不満、鬱屈は芸術の母となります。

久女は家庭の鬱屈のその分、ひたすら俳句に打ち込み、虚子に対する私淑を深め、昭和六年には虚子選の「日本新名勝俳句」において、約十万三千句からの二〇選の中に次の一句が選ばれます。久女俳句の中で名句として多くの人が挙げる一句です。

谺《こだま》して山ほととぎすほしいまゝ

爽快で格調高く、スケールの大きな句。下五の「ほしいまゝ」が大好きだ、という人がたくさんいますが、中七にさりげなくその名前を入れるなど「ホトトギス」愛にあふれていますね。あるいは、山中で出逢った鳥の名に寄せて「ホトトギス」との一体感を高らかに歌い上げたのでしょうか。

そして、昭和七年には女性だけの俳句誌「花衣」を主宰者として創刊。昭和九年には、竹下しづの女や中村汀女などと共に、「ホトトギス」の同人となります。この頃が久女の最もいい時期だったのではないでしょうか。

主宰誌の「花衣」には、阿部みどり女、竹下しづの女、中村汀女、そして久女に俳句の手ほどきを受けた橋本多佳子などが集いました。

久女は、この「花衣」の創刊号に、次の句を掲載します。

白妙の菊の枕をぬひ上げし

そして久女は、虚子に「長寿を願って」、菊枕を贈ります。七千余の白菊を摘み、丁寧に乾燥させて枕としたものでした。久女の「万感」がこもります。

しかし、そうした万感こもる枕を贈られて、虚子はこのとき、どういう感慨を持ったのでしょうか。ここまで、褒めて育てておきながら、だからこその苦い思いを持ったとしたら、それも虚子の幅広さということになるのでしょうか。

虚子のもとには、菊枕だけでなく、恋慕の情を縷々書き綴ったようなものから、虚子の世渡りに対する批判めいたもの、私のどこが悪いのかとすがるような内容まで、まさに久女の「万感」こもる手紙（時に電報も）が間断なく送られてきたといいます。

昭和一一（一九三六）年の「ホトトギス」一〇月号に、突然、一ページ全面を使った社告が出ます。前代未聞の出来事でした。その社告とは、日野草城《ひのそうじょう》、吉岡禅寺洞《よしおかぜんじどう》、そして杉田久女の三名に対する「ホトトギス同人除名」の告知でした。理由は、一切明らかにされていません。

張りとほす女の意地や藍《あい》ゆかた

虚子ぎらひかな女嫌ひのひとへ帯

たてとほす男嫌ひのひとへ帯

生きる拠りどころでもあった「ホトトギス」を、わけもわからず除名されて一年、久女は「俳句研究」の昭和一二年一〇月号に、この三句を含む一〇句を「青田風」の題で掲載します。久女俳句最後の光芒ともいえる絶唱でしょう。

叶わなかった恋。夢のような愛。なぜか、いや、だからこそ張り通す女の意地。最後の最後にきて、初めて「女の」と言い切ってみせたわけです。

それにしても、何の遠慮もなくあからさまに虚子の名をあげ、嫌いといってみせる度胸のよさ。このあたりも、現代とは違う時代状況の中で「久女は、あそこがおかしいんじゃないか」などと中傷される一因となったのでしょう。

そしてまた、それにしても、です。それにしても、最後も「着物」と「帯」の句というのも、なんともこの世代の女性らしくて哀切です。でも、「花衣」に始まったものが「藍ゆかた」になり、「紐いろいろ」だったものが「単衣《ひとえ》の帯」になったのですから、まとわりつく「うっとうしさ」が少しは軽くなったのですね、久女さん。

この三句とともにもう一句、「**押しとほす俳句嫌ひの青田風**」と捨て台詞を置いて消えていった「焔《ほのお》の俳人」でした。

でも、「嫌いなもの」を、最後にこうやってぞろっと並べて見せたのだけれど、それは本当は全部大好きなものだったのに、ということがわかります。それだけに、久女の失意の深さがそくそくとして胸を打ち、涙が誘われるのです。とりわけ、やっぱり虚子＝俳句だったからこそ、あれほどのめり込んだんだなあ、ということがよくわかります。

だからこそ、理由なしの同人除名宣告、つまり破門＝絶縁が、久女にとってどれほど過酷なものだったか、ということですね。大虚子の、この対処の仕方については、全体をマネジメント、プロデュースする立場の人間として「わかる」という声も、あるにはあるのですけれど。

昭和二一年、孤独の中で久女は亡くなりますが、入院していた病院が精神科系のところだったせいもあって、その後半生がかなりゆがんだ形で語られ、伝えられた時期がありました。それが、久女の長女で俳人の石昌子さんの努力などでずいぶんと正されたのは、ほっとするところです。

ちなみに、久女の墓は信州・松本にある実家・赤堀家の墓域にも分骨されています。墓石に刻まれた「久女の墓」は虚子の筆によるものです。これが久女の人生ドラマのエンドマークであるならば、それは悲劇的であったとしても、まさに劇的、ドラマチックといわざるを得ません。

そして、ちょっと次章の予告めくかもしれませんが、昭和一〇年代以降、久女が指導した橋本多佳子と、久女と同時に「ホトトギス」を除名された日野草城の弟子である桂信子が、「個」をきわだたせた「女」の存念と情感あふれる恋と愛の心模様を、存分に展開していくことになります。

まるで、久女の「叶わぬ恋」のバトンを受け取ったかのように、ですね。

第四章

雪はげし抱かれて息のつまりしこと
ゆるやかに着て人と逢ふ螢の夜

昭和から平成へ

多佳子、鷹女、信子、真砂女、はん女……

百花繚乱

死なうかと囁かれしは螢の夜
香水やその夜その時その所

❋夫との死別という解放

竹下しづの女や杉田久女、とりわけ久女の悩みの深さは、自己実現への希求と現実生活のズレの大きさと平行していました。

結婚生活というのは、こんなはずじゃなかった。これは私の望んだ生活ではない。いまの私は本当の私ではない。かといって、「本当の自分」を取り戻すために、家を出る、つまり夫と離婚するということも現実にはできない。いくら憧れてはいても、実際には「ノラ」にはなれないし、たぶん、ならないだろう。

こうした葛藤から、久女は次第に心身のバランスを崩していったのかもしれません。

一方で、しづの女や久女たちと同じように結婚生活をしながら、ある意味奔放に、自らの思いに忠実に、自己実現への道を歩み、その道を堂々とまっとうさせたように見える何人かの女性俳人がいます。

しづの女や久女の後輩の女性俳人、なかでも久女より九歳年下の橋本多佳子と、その橋本より一五歳年下の桂信子の二人は、揺るがぬ「自己実現」という意味では際立った存在感を漂わせています。いってみれば、久女たちの世代の思いのバトンを継ぐ人々。そこを継続的に見れば、橋本多佳子は久女たちの妹世代、桂信子は娘世代ということになるでしょうか。

世代的に見れば、多佳子と信子はそういう位置付けになります。しかし社会全体を見れば、明治民法を背景とする女の負の時代は、基本的には何も変わってはいません。では、多佳子と信子は、なぜ久女たちと違って、「自分」というものをはっきりと打ち出すことができたのでしょうか。

しづの女や久女たちと多佳子、信子の間には決定的な違いが一つあります。それは、多佳子も信子も、結婚生活を経験したものの自分がまだ十分に若いうちに、夫と死に別れたということです。

「夫との死別」。当時の社会的制約からすれば、自動的な夫からの解放です。

ここでは、多佳子の夫、信子の夫が個人的にどういう人であったかということは問題ではありません。システムとしての「夫」からの解放だということです。

つまり、久女たちのように、ノラになるために離婚しようかとか、そういった時代の本質的な悩みから物理的に解放されてしまったということ。自動的に、「ノラともならず」ではなく「ノラになれる」条件を獲得してしまったわけです。

夫との死別、しかも若いころの、ということについて、多くの俳句専門書籍における多佳子、信子の人物評、評伝などは、「若くして寡婦《かふ》となり」とか「うら若い未亡人として」といった基調でほとんどが描かれています。つまり、まだ若くして寡婦となったのに、その後も亡き夫に操を立てとおした貞女、というイメージですね。

それにしても寡婦も未亡人も、いまやほとんど使われなくなったフレーズですが、昭和戦前の当時においては、それらの言葉は良妻賢母のイメージとひと続きで、夫が亡くなった後も「良妻」でなければならない、それ以外の生き方は考えられない、認められない、ということだったのでしょう。

でも、実際はどうだったのでしょうか。夫と死別してからのふたりの俳句を見てみると、なんとも生き生きしているように思えます。自分というものを全面的に解放していっているように思えます。

さらに重要なことは、解放されただけでなく、それを契機にしてきちんと自立したということです。

ふたりとも本来そういう性向であったかも知れませんが、実際、戦前から戦後にかけての時期に女性が自立の道を行くとなると、それは生半可なことではなかったはずです。そうした中、多佳子、信子の作風の発展とその後の大きな業績を見るとき、不謹慎かも知れませんが、二人にとって夫との死別は、きわめて重要な意味があったと言っておきたいと思うのです。

本人たちは決してそういうふうに思っていたわけではないと思いますが、結果として夫との死別という事実は、多佳子、信子にとっての自我の覚醒とその発展の促進剤となりました。

よく、多佳子は「**雪はげし抱かれて息のつまりしこと**」などによって「主情の人」といわれ、信子は「**ふところに乳房ある憂さ梅雨ながき**」などによって「常に自分という〝個〟を保った人」というふうに評されます。

そのように、家制度の中で、一個の人間であることを封じられていた戦前の女性の中で、これほど際立って「個」に立脚して俳句を作ることができた女性がいたということは、特筆すべきことだと思います。

そして、もちろん、そういう「個」としての女性の真情、思いの中から多くの人々の心にしみる、胸に突き刺さる恋の名句も生まれてきたのです。

そういえば、久女と同世代の長谷川かな女も、四〇過ぎの女ざかりのころに夫の長谷川零余子と死別しています。その後に、先にかな女の項で紹介した「**谷に住む二人の上よ大雪崩**」のような爆発的な恋の句があるのを見ると、やはり自己実現したかった戦前の女性にとって、夫との死別というのは特別な意味があったように思えます。

もっとも長谷川かな女の場合は、実家が「かな女を三井家に行儀見習いに出す」くらいのいわゆる良家で、夫の零余子のほうが長谷川家に養子に入った立場。もともと零余子はかな女の英語の家庭教師に雇われていたのですから、力関係からいえば、零余子のほうが「ノラ」だったのかもしれませんけれど。

❁多佳子と虚子、運命の「落椿」

さて、橋本多佳子です。この人は、女性俳句史というよりも、全俳句史のなかでも杉田久女と並ぶ大スター。美貌と才能、そして華やかな生き方も含めて、一種伝説の人となっています。

多佳子の「女性の情感、肉声を詠いあげた」といわれる名句、恋と愛の句の鑑賞に入る前に、簡単にプロフィールを紹介しておきましょう。

橋本多佳子は、明治三二（一八九九）年、東京・本郷の生まれ。生家は山田流箏曲の家元、父は官僚でした。菊坂の女子美術学校（のちの女子美術大学）の日本画科に学びますが、病弱のため中退しています。

大正六（一九一七）年、一八歳の時にひと回り年上の橋本豊次郎と結婚。豊次郎は大阪船場のぼんぼんで、若くして渡米、土木建築学を学んで帰国後成功した、いわゆる青年実業家。美少女を妻とした豊次郎は、多佳子を掌中の珠としていつくしみ、源氏物語ではありませんが、まさに多佳子を女性として「育てて」いったのでしょう。

結婚記念として大分に農場を開き、大正九（一九二〇）年、北九州の小倉に豊次郎自らが設計した櫓山荘《ろざんそう》を新築。櫓山荘は和洋折衷三階建ての瀟洒《しょうしゃ》な山荘で、ロマンチストで芸術愛好者であった豊次郎は、ここを小倉の文化サロンとします。

そうして、中央から次々と有名文化人、芸術家が櫓山荘を訪れるようになり、大正一一年、高浜虚子を迎えての俳句会が開かれました。

この俳句会の夜、櫓山荘の若き美貌の女主人、多佳子が花瓶から落ちた椿の花を拾い上げ、燃え盛る暖炉の火の中に投げ入れます。

すると、それを見た虚子がすかさず一句。

落椿投げて煖炉の火の上に

驚いたように虚子を見る多佳子。一気に燃える落椿。

まるで映画の一シーンのようなエピソードですが、さすが虚子。のちに俳句評論に一時代を築いた山本健吉が「俳句とは、即興、挨拶、滑稽である」と断言しましたが、まさにこの「落椿～」の一句は即興であり、見事な挨拶になっていますね。

このことによって多佳子は俳句に興味を寄せ、同じ小倉に住む「教師妻」杉田久女から俳句の手ほどきを受けるようになるのですから、それは運命の「落椿」と言うべきでしょうか。

そういえば、虚子主宰の「ホトトギス」に久女の「**足袋つぐやノラともならず教師妻**」が掲載されたのも同じ大正一一年でしたね。そして、実は「落椿」の句会の折も、久女は同席しています。

舞台となった櫓山荘は玄界灘を見下ろす高台に建てられた洋館で、豊次郎がヨーロッパの上流階級のような理想的なライフスタイルを求めて造った、知的で芸術的な雰囲気にあふれる空間でした。そういう館に招かれた「教師妻」の久女の胸には、どういう思いが去来したのでしょうか。そしてその後、久女は、夫に愛され、物質的にも何不自由なく暮らしているように見える多佳子に、俳句の何を教えたのでしょうか。

昭和四（一九二九）年、豊次郎の父の死去により、橋本家は大阪・帝塚山に移ります。そして、この大阪の高級住宅街に暮らしの拠点を移したあとも、小倉の櫓山荘は別荘として使われました。

多佳子は、久女に俳句を教わったあと、山口誓子《やまぐちせいし》に師事する中で「ホトトギス」を離れ、水原秋桜子の「馬酔木《あしび》」に移ります。「客観写生」が合わなかったのでしょう。戦後は誓子の「天狼《てんろう》」に参加し、のちに「七曜《しちよう》」を主宰します。

❋激情と冷静の間で愛と死を詠む

昭和一二（一九三七）年、多佳子の人生に大きな転機が訪れます。もともと病弱で、結核の療養をしていた豊次郎が五〇歳で死去。多佳子、三八歳の時でした。

月光にいのち死にゆくひとと寝る

この句のあとに真似をしたようなものがあるかもしれませんので、絶後とは言いませんが、このように、人の死、それも愛する人の死をまるでライブのように現在進行形で詠んだ句は、少なくとも空前ではないでしょうか。

月光という上五で清浄の舞台を設定し、続けて「いのち」という大きな語を置き、そして「死にゆくひと」というあまりにも具体的な現在進行形でもって読む者の視線を一気に「そのひと」に引きつけます。

でも「そのひと」は、ただ「死にゆくひと」ではなく、「いのち死にゆくひと」。この「いのち」と「死」という絶対的な言葉、しかも正反対の言葉を重ねた独特の表現に、ふたりだけの濃密な歳月への惜別の情が存分にアピールされています。この言語感覚が多佳子の一番の魅力かもしれません。

最後に「寝る」という、いわば人間の根源的なエロチシズムを呼び起こしてくれる措辞で「私」の視点と立場を宣言して、他人の勝手な感傷が入り込むことを厳然と拒否する詠みっぷり。

この凄絶と凄艶のはざまに浮かび上がるような一句は、経緯からすれば「夫恋《つまご》い」

ジャンルの究極の一句ということになるでしょう。

「寝る」という妙に生っぽい言葉を止めに置くことで、そうしているのは妻とか夫といった形式上の関係を超えた牡牝の、男と女の、愛し合った者同士の一方の「私」ですよ、というニュアンスを詠《うた》い上げているように思えます。そして、そのことが、この句に「愛の句」としての深みとスケールを与えているのではないでしょうか。

それにしても、です。この句を読むとき、どこか冷めた感じ、冷え冷えとした感じがしてきませんか。それは、月光が青いからだけではありません。普通は愁嘆場になりそうな夫の死を看取るというシーンが、きわめて冷静に、淡々と語られているからですね。

もっとそのシーンをズームアップしてみれば、もうすぐ息を引き取ろうとしている一二歳も年上の夫の顔をじっと静かに見詰めている多佳子が見えてきます。そして、一八歳で結婚して以来二〇年間、「あなたが私の女としての彩りを造ったのね」と語りかけているようなまなざしがうかがえます。

そう語りかけながら、夫が死にゆく時間の進行とパラレルに、あふれ出る悲しみは悲しみとして、既に自分の中に自立の道筋への覚悟ができ始めている。そういう、底の深い冷静さというものがこの句から感じられてなりません。

常に夫から何かを与えられてきた環境。それを享受してきた自分。深く愛し合ってはいたけれど、この人にとって自分は何だったのだろうか。そうした「人形」感からの脱却。「お飾り」感からの脱却。それを実感する時間が、「死にゆくひとと寝る」現在進行形の時間だった。こういう解釈もあり得るのではないかとも思います。

花瓶に飾られた椿が落ちて、その一輪を虚子が火に投げ入れたことで、飾りものだった椿の花は一気に燃え上がったという、あの「櫓山荘の夜」のエピソード。それがこの句の象徴的な背景として思い出されるといえば、牽強付会《けんきょうふかい》にすぎるでしょうか。

激情と冷静さの間で緻密に造り上げられた表現。こみ上げるような激情を秘めた冷静さ、もっといえば冷厳さ。橋本多佳子の持ち味がこの昭和一二年の初期作品に、すでに全面的に表れていますね。

❋美貌の未亡人の恋愛句

夫との死別のあと、橋本多佳子は俳人としての生活に全力で打ち込みます。もちろん、夫が存命ならば、すべてを「俳句生活」に、ということはあり得なかったでしょう。

でも、一方で、どうしても多佳子には「高貴の未亡人」とか「俳壇の大輪の花」といった、一種派手な形容詞がついて回ります。

そうした言われ方の理由の大かたは、その容姿、存在の華やかさからくるものでしょう。ただ、そういうキャッチフレーズのニュアンスの中には、多佳子の作品に誘引されたものも少なからずあるように思われます。

それほど多佳子の作品は、読む者に衝撃を与えるというのか、とりわけ恋愛感情に強く刺激を与える要素が多く含まれているのです。

着きてすぐわかれの言葉霧の夜

七夕や髪ぬれしまま人に逢ふ

これは、昭和二二年刊の第二句集「信濃」所収の二句。この句集には夫との死別のあと、昭和一六年から信州・野尻湖畔の別荘で子どもたちと過ごした三年間が含まれています。それは、近くにある東大の寮にやってくる学生たちとテニスをするといった、開放的な気分を味わえる環境でもありました。

　さて、情緒たっぷりの一句目。上五も中七も、止めの「霧の夜」も、すべて思わせぶり。もちろん、恋の予感についての思わせぶり。私たちは、もう、ここから多佳子ワールドに誘い込まれています。

　世の中、世界最強のアメリカやイギリスを相手に戦争を始めてしまいどうなることかと思ったものの、最初に真珠湾奇襲が成功したものだから舞い上がって、もう大変。調子を合せるように「パーマネントはやめましょう」とか「お袖は短くいたしましょう」とか、ヘアスタイルや着物にまで規制をかけて得意になっている人もいるし。何だか女学生の軍事教練まで始まったし。女性はみんなもんぺ姿になってしまったし。

　でも、信州の湖畔の別荘だけは、ほんとうに多佳子の別世界、ということでしょうか。

　そして二句目、「七夕」という季語そのものが、恋人同士の魅《ひ》かれあう気持ちと、なかなか進展しないもどかしい恋のイメージを前提にしています。しかし、それに続けて「髪濡れしまま」という思いもよらない言葉がきて、切迫感ただよう中七となり、これはただごとではないぞ、というふたりの「逢瀬」を連想させてくれます。

　どうしたの、どうしたの、というわけで、こういう句、男性も大好きですよね。

雪はげし抱かれて息のつまりしこと

追い打ちをかけるように、もう一句、これは多分、多佳子の作品の中でもっともよく知られている句。昭和二三年一月からの三年間の句を収めた句集「紅絲《べにいと》」から。あれこれの解釈は必要ないでしょう。ただ、こういう、まっすぐに投げ込んでくる多佳子の恋愛句の向こうに、読者は「美貌の未亡人」という冠を付けた姿を見たがるので、混乱するわけです。

たとえばこの句でも、夫に愛された頃のことを思い出している句、亡くなった今でも、夫を愛し続けているという切ない句、というふうに受け取って鑑賞しようとする人が大勢います。でも、それは、ちょっと無理しているような感じがありませんか。

いま現在の恋人との恋愛句。それでいいのではないでしょうか。作者がストレートに詠んでいるのですから、読むほうもストレートに受けとめたほうが気持ちがいいというものです。

だいたい、日本の場合、慣習的に結婚前は「恋人」ですが、結婚したあとのそういう人は「愛人」と呼ばれますね。これも日本語の豊かさ、多彩さといえばそれまでですが、多佳子さんの場合は実質シングルですし、無理やり「貞淑な寡婦」にすることもないのではないでしょうか。

続けて同じ「紅絲」から、二句。

泣きしあとわが白息の豊かなる

許したししづかに静かに白息吐く

〝ふたり〟のドラマは続いているようです。もちろん、一句目の涙は、亡き夫を思い出しているわけではありません。むしろ、泣ける感情を楽しんでいる風情。

そして、泣くほど揺れた心も静まって、相手を許そうとしているようですから、どうやらこの恋の主導権は作者が握っている模様です。

さらに「紅絲」から、一気に五句を紹介しておきましょう。

雄鹿の前吾もあらあらしき息す
袋角《ふくろづの》指触れねども熱きなり
夫恋《つまこ》へば吾に死ねよと青葉木菟《あおばづく》
一ところくらきをくゞる踊の輪
祭笛吹くとき男佳《よ》かりける

「官能的」以上の一句目、二句目。根源的なエロチシズムさえすくい取ってしまう自在さ。こういう怖いものなしの奔放さは、若い女性には詠めそうもありませんね。三句目の「夫」は、当然現在の恋人です。でも、これはけっこうつらい恋かもしれません。死ねと言っているのは亡夫なのか。すると、現在の恋人と亡夫との三角関係ですか……。とはいえ、どこかに、それでいい、というナルシズムが感じられます。

この自己陶酔感も、多佳子俳句の大きな特長、魅力、吸引力になっています。ファンには、「もう、たまりません」といったところ。

そうして、自分の立ち位置を踏まえた上で、自信満々でこの恋を楽しんでいるような、四句目、五句目、ということになるでしょうか。

最後に、「紅絲」からもう一句。

螢籠昏《くら》ければ揺り炎《も》えたゝす

こういう感情の激しさを、躊躇せずに表現するところが「主情の人」橋本多佳子の真骨頂でしょうが、ほんとに、こういう句でも恋愛句として読み通せてしまう多佳子俳句、恐るべし！

橋本多佳子は、昭和三八（一九六三）年、その六五歳の生涯を閉じました。最後の句は「**雪はげし書き遺すこと何ぞ多き**」。

どの件を、どれくらい、書いておきたかったのでしょうか。

多佳子の生涯については、松本清張がモデル小説として『花衣（改題・月光）』を書いていて、ほとんどの松本清張全集には入っているはずです。いくら「資料で書く巨匠」の筆とはいえ、やはり小説はフィクションでしょうけれど、その『花衣』の中には、ヒロインの恋人と思われる京都のさる大学の助教授が登場します。妻帯者です。

✿めくるめく三橋鷹女ワールド

かな女や久女に続く世代として昭和一〇年代から活躍を始めた女性俳人たちがいます。その中で代表的な四人が、その名前にちなんで「四T」と呼ばれています。橋本多佳子、三橋鷹女、星野立子、中村汀女の四人。多佳子《たかこ》、鷹女《たかじょ》、立子《たつこ》、汀女《ていじょ》で四Tというわけです。

多佳子については前項までで紹介しましたが、星野立子は高浜虚子の娘でのちに「玉藻」を創刊して主宰、俳句の天才ぶりをうたわれました。中村汀女も虚子の高弟として「ホトトギス」で活躍し、のちに「風花」を創刊して主宰、主婦俳句、母親俳句の巨匠として多くの名句を残しています。

三橋鷹女は、多佳子と同い年。明治三二（一八九九）年に千葉県成田の名家の娘として生まれました。成田高等女学校を卒業後、与謝野晶子、若山牧水という浪漫色の強い歌人に私淑し、短歌の道に精進。結婚後、夫にすすめられて俳句に転向します。

こういう経緯ですから、鷹女にとって俳句にたずさわることへの家庭的プレッシャーは他の同世代の女性俳人に比べ、少なかったと思われます。

そして、短歌の影響か、浪漫性の強い調べ、客観写生・花鳥諷詠とは異なる俳句の作り方を特徴としました。というよりも、意識的に花鳥諷詠の世界から踏み出した、精神性の強い、観念性の突出した俳句が強烈な印象を読むものに与えました。

客観写生とはまるで違う、ある種の呪術性を帯びた鷹女の俳句は、熱狂的な支持者を生みました。たとえば「**夏痩せて嫌ひなものは嫌ひなり**」「**初嵐して人の機嫌はとれませぬ**」「**つはぶきはだんまりの花嫌ひな花**」。こういった俳句が、二・二六事件などで軍国主義的風潮が強まり、自由にものが言えなくなってきていた昭和一〇、一一年ごろに女性から発せられたというのは驚異的ともいえるでしょう。

こうした鷹女の俳句へのアプローチの仕方は、「愛」というような大きな観念のテーマを詠むのにかえって似合っていたのか、その作品のいくつかは現代女性の心にも響き続けています。

鞦韆《しゆうせん》は漕《こ》ぐべし愛は奪ふべし

鞦韆は、ブランコのこと。この主観へのこだわり、主張の強さ、あまりにも明快で、ここまで来れば爽快です。

笹鳴きに逢ひたき人のあるにはある

薄紅葉恋人ならば烏帽子《えぼし》で来《こ》

一句目の「あるにはある」が、なんともおかしい。こういう人を食った感じが、鷹女の本領。いずれにしても、主導権はこっちよ、と。「笹鳴き」はウグイスのチッチッチという鳴き声。その音をイメージしながら「あるにはある」を読むと、余計におかしい。二句目の烏帽子が何を意味するのか。戦時色が強くなる時代の作であれば、鉄兜とか戦闘帽とか、そういうものでなくて……、という意味にも取れますが、鷹女の俳句は、意味を追っては面白くありません。これは、男中心の社会であっても、恋の呼びかけは、いつも女からするんだよ、というのでいいのではないでしょうか。
同じく、恋人へ。これは戦後の作。鷹女は超未来へも呼びかけます。

千万年後の恋人へダリア剪《き》る

そして、最後は女の覚悟。

白露や死んでゆく日も帯締めて

昭和二五年の作。杉田久女の「**花衣ぬぐやまつはる紐いろく**」をいうまでもなく、生れてから死ぬまで、着物を着、紐を締め、帯を締めて、そうやって女の身体を自ら縛って暮らしてきた母や姉、そして自分を含む同世代の女たちへの挽歌。そして、そうした女たちと付き合ってきた男たちへの返歌でもありますね。
あるいは、鷹女自身をふくめ、「個」の自分として当たり前に個性的であろうとしながら良妻賢母モデルに苦しめられてきた先駆者的な女たちが、ちょっぴりのアイロニーを込めて自分自身へ贈った矜持の歌、と読む人もいるでしょう。ここにも晶子や牧水ゆずりの短歌的な気分がうかがえます。

三橋鷹女の句はどうもむずかしくて、よくわからない、という人もいますが、たとえば、

「**みんな夢雪割草が咲いたのね**」「**詩に痩せて二月渚をゆくはわたし**」「**あたたかい雨ですえんま蟋蟀《こおろぎ》です**」「**なめくぢのことが頭を離れぬなり**」「**蛸《たこ》が嘆くよ　肢《あし》に指輪を嵌《は》めつらね**」などはいかがでしょうか。こういうのにはまると、「鷹女俳句」から逃れられなくなります。

ただし、亜流も多いので、ご用心。

❁恋愛句の金字塔、桂信子の一句

さて、着物を脱ぐときの紐のいろいろに女の生き方のめんどくささを象徴させた先輩や、死んでいく時の着物姿にその時代の女の一生を見た先輩のあとに、あっさりと「ゆ

るやかに着たらよろしいんやないですか」という後輩が現れます。桂信子です。

桂信子は、大正三（一九一四）年、大阪市に生まれ、大阪府立大手前高等女学校を卒業。昭和一三年、杉田久女らと一緒に「ホトトギス」を除名になった日野草城が創刊主宰する「旗艦《きかん》」に投句。以後，草城に師事します。

信子が結婚したのは昭和一四（一九三九）年。日本では日中戦争が泥沼化し、社会生活が次第に窮屈になって、たとえば女性のヘアスタイルもパーマネント自粛が叫ばれ出したころ。ヨーロッパに眼を向ければ、ヒットラーのナチス・ドイツが各国に侵入し、第二次世界大戦が始まっていました。

でも、日本の大阪の片隅の、二四歳の信子にとっては幸せな新婚生活であったはずです。それが、病気による夫の急逝。信子の結婚生活は、二年足らずで終わりを告げます。子どものいなかった信子は実家に帰り、以後、生涯独身を貫くこととなりました。

そして、昭和二〇（一九四五）年八月一五日の天皇による「ポツダム宣言受諾」の玉音放送。戦争は、日本の無条件降伏で終戦。戦前、戦後といわれる昭和の大きな区切りがここでできました。

そういう明治維新と並ぶ時代の大変革期に、女性俳句史のエポックメイキングとなる恋愛句が生まれました。次の一句は、現代俳句の中で最も知られている句のひとつ。この句が嫌いだという人に、あまり会ったことがありません。

ゆるやかに着てひとと逢ふ螢の夜

昭和二三年、桂信子、三三歳の時に詠まれた句ですが（「月光抄」所収）、そうした個人情報に関係なく、年齢や未婚既婚を超えて、多くの女性に支持される恋愛句の金字塔。どこにもむずかしいところがなく、それでいて、メッセージも、情景も、雰囲気も、すべてよく伝わってきます。俳句という文芸の金字塔といってもいいかもしれませんね。

日本の敗戦で戦争は終わり、世の中はまだ混乱の中。この町に、あの村に、戦争未亡人と呼ばれる女性が生まれていました。そしてまた、戦後になったとはいえ、良妻賢母モデルの倫理観は健在で、世間は未亡人、寡婦に対して、ひとりになっても亡き夫とともに、という貞淑な妻像を求めます。

そういう世間の眼に対して、橋本多佳子は変幻自在の思わせぶりで思いっきり翻弄しましたが、信子はそこに自分自身の身体感覚をからませて、「わたし、こんな感じですけど、いけませんやろか」と、軽く反論したのです。

ほんとはみなさん、私ら未亡人にも恋人がいること、ご存じやないですか……。その象徴的表現が「ゆるやかに着て」ということになるでしょう。

久女や鷹女が、女を束縛するものの象徴として詠んだ着物をモチーフにして、その着方の中に自分の意思、自分の個性を反映させることで、あのやっかいな着物さえ、自分の気持ちを表現する手段、道具としてしまった信子。しかも、なぜ着物を「ゆるやかに着る」のかといえば、逢いたい人と逢うためなのだ、というのです。

きつく帯を締めて、襟をきちんと合わせて着る人もいるでしょうけど、私は「ゆるく着るんです」。「そういうふうに着て、逢いたい人がいるんです」ということ。「ゆるやかに着る」のも、そして「逢いたい人に逢う」のも、みんな「私」個人の意思ですが、なにか。いけませんか、それで。

これは、未亡人であるとかないとかではなくて、人なら、女性なら誰でも思っていること。つまり「ゆるやかに着る」という実に個人的なことが、実はすべての人の気持ちに通じる普遍性とリアリティを持っているのだということを、信子は大声ではなく、また大向こう受けを狙ったハッタリかましでもなく、そっと世の中に「つぶやくこと」で確認したのでした。

しかも、「螢の夜」という、和歌の伝統にのっとった季語を使って、その「逢瀬の美学」を存分に利用しているのも、したたかといえばしたたか。「螢の夜」というだけで、もう十分にロマンティックですし、ほのかに官能的でもありますしね。

さて、この句の「ひとと逢う」は、もちろんこれから逢うわけですが、逢ったあと、「ゆるやかに」着ていた着物は、どうなったのでしょうか。そのあたりも、ちゃんと信子はつぶやいてくれています。

逢ひし衣を脱ぐや秋風にも匂ふ
衣ぬぎし闇のあなたにあやめ咲く
いなびかりひとと逢ひきし四肢てらす

一句目。逢って来た後の着物を脱げば、あの爽やかだとされる秋風にも、匂うのです、と。何が、どの程度、匂うのか、語ってはいません。当然ですけれど。このあたりが「省略の文芸」俳句のいいところです。短歌だと、もうちょっと語るでしょうね。

「女」の描き方に定評のあった作家の水上勉さんは、その文章から女の「かざ」がするかどうかが問題だ、とよく言っていました。勉さんがいう「かざ」とは、まさに「匂い」のこと。

「逢う」「衣」「脱ぐ」、そして「匂う」。キーワードの連発で、鑑賞の言葉は不要です。二句目。この句も「衣」「ぬぐ」「闇」と、殺し文句がぞろっと続きますが、決めどころは「あやめ」ですね。あの花の形が「たとえ」として示すもの。それが闇の中で「咲く」というのですから、読む者はドキドキせざるを得ないでしょう。

そして三句目。「いなびかり」は、雷光と稲の交合を意味します。ですから、「そのことの後」の自分の身体を、まるで稲妻のスポットライトの中に投げだすように詠みあげているわけです。その高揚感、そしてそれに続くちょっとけだるい感じまで伝わってくるのですから、俳句の力、名句の力はすごい。

昭和二五年の作で、三句とも「女身」に所収されています。もう、この句集のタイトルから、「どうですか」という呼びかけになっていますよね。これも信子の代表句ですが、「**窓の雪女体にて湯をあふれしむ**」「**やはらかき身を月光の中に容れ**」など、まさに「そのことの後」の「女の身体感覚」満開という感じです。

桂信子自身は、出身の大阪府立大手前高校の「同窓会WEB金蘭会」で、次のように語っています。

「そのころは自分のことばかり詠んでいて、そういう句はいけない、そういうことを詠むのはいやらしい、とずい分叩かれました。でも、日野草城先生が、そういうのも俳句だといって私の句を取ってくださった」

この師匠の日野草城という俳人は、昭和一一年ごろ、俳壇に「ミヤコホテル」論争なるものを引き起こした人。新婚旅行と「ミヤコホテル」での初夜の様子を俳句で発表して、これをほめたのが室生犀星、けなしたのが久保田万太郎・水原秋桜子という大物同士。これに中村草田男が加わって、という大騒ぎ。「夜半の春なほ処女《おとめ》なる妻《め》と居りぬ」「枕辺の春の灯《ともし》は妻《め》が消しぬ」「春の夜や脱ぎぼそりして閨《ねや》の妻」などなど。

滋酔郎の俳号をもつ随筆家の江國滋さんは、この論争自体ばかばかしいとして、いい悪いの前に「こういう素材と詠み口は俳句になじまない」のではないかと、その著『俳句とあそぶ法』で述べています。それは、男が詠むからかもしれませんね。

桂信子の恋ごころ、最後に同じ「女身」から四句。

賀状うづたかしかのひとよりは来ず

逢ひたくて凧を見てゐる風邪ごこち

女ざかりといふ語かなしや油照り

まんじゆさげ月なき夜も蘂《しべ》ひろぐ

❋恋愛俳句の巨匠、真砂女

鈴木真砂女は、女性はもちろん、男性にも多くのファンを持ち、なおかつ九六歳という長寿の中で最後まで現役感のある人として人気を保ったという、ちょっと特異なキャラクターの女性俳人です。

また、その波乱万丈ともいえる人生も、小説やドラマ、ドキュメンタリーなどの素材となって、さらに「真砂女俳句」に興味を持つ層を拡げていきました。

では、その真砂女の生涯を簡単に振り返っておきましょう。

鈴木真砂女は、明治三九（一九〇六）年に千葉県鴨川に生れました。世代的にいえば、ここまで紹介してきた女性俳人の中では、明治三二年生れの橋本多佳子、三橋鷹女の七つ下、大正三年生れの桂信子の八つ上ですから、ちょうど両者の中間に位置する俳人といっていいでしょう。

語呂合わせをするわけではありませんが、俳句の持ち味も「中間小説」といったところ。もちろんそれは、わかりやすさと人生の深み、慈味、多彩さをあわせ持つという意味合いで、だからこそ多くの人に愛される句を多産できたのだと思います。

生まれた千葉県の鴨川は房総半島の東部、太平洋に面した町で、明治以降、首都圏の観光地・保養地として知られたところ。真砂女は、この町の代表的な老舗旅館「吉田屋（現・鴨川グランドホテル）」の三姉妹の三女として生まれました。

そして大正十三年、日本女子商業学校を卒業、昭和四年に日本橋の雑貨問屋の次男と、当時としては珍しい恋愛結婚、一女をもうけます。この娘が、のちに文学座の女優になる本山可久子さん。というわけで、ここまでは何の波乱もありませんが……。

冒頭に「波乱万丈の人生」と書きましたが、ここからの真砂女の生涯を綿密に追っていると、それこそ丹羽文雄（『天衣無縫』）、瀬戸内寂聴（『いよよ華やぐ』）両大家のように小説を書かなくてはいけなくなりますので、事実だけを時系列で記しておくことにします。そこから真砂女の「波乱万丈」を想像してください。

昭和一〇（一九三五）年、夫が、博打に入れあげたあげく失踪。このことで実家に戻る。同じ年、吉田屋を継いでいた長姉が急逝。

昭和一一年、両親の要請により、家業継続のためにその長姉の夫と結婚、遺児四人の母となり、同時に吉田屋の女将になる。また、俳人であった長姉の遺句集出版のつきあいから俳壇との関係が出来、そのときから俳句を始める。老舗旅館の女将業に忙殺されるも、夫とは心を通わすことが出来ず。

昭和一二年ごろから、館山海軍航空隊の七つ年下の海軍士官と恋愛関係、いわゆる不倫の仲となり、戦中戦後を通じて、長くこの関係が続くことになります。

道ならぬ恋、許されぬ愛、とはいいながら、真砂女の結婚生活そのものが変則的なものだっただけに、このなりゆきも仕方がないのかなあ、となりそうですが、相手の男性に妻ありとなると、どうしても次の一句になるわけですよね。

羅《うすもの》や人悲しますす恋をして

羅《ら》は薄く織った絹の布。うすぎぬ。紗《しゃ》とともに、こうしたうすぎぬの着物は夏のおしゃれ着。着こなしもむずかしいといわれ、この季語を持ってきただけで作者は着巧者だな、ただものじゃないな、と思わせるおしゃれ感覚、洒脱さが真砂女俳句の基本的な魅力。またそれが、この不倫句に救いを与えています。

それと、この句は真砂女俳句の中で最も知られた一句ですが、そのポピュラー性のためか、不倫までがおしゃれな感じになっているきらいがあります。人気俳人の人気句の功罪とまではいえないでしょうが、不倫はおしゃれなばかりではありませんので、お気をつけくださいね。

また、娘の本山可久子さんの著書『今生のいまが倖せ……母、鈴木真砂女』によれば、可久子さんが「悲しんでいる人のこと、考えたこと、ある？」と聞くと、真砂女さんはあっさりと「ううん、ない！」と答えたとか。あくまで自己中心の人、でも意地悪とか欲張りでは絶対ない、と可久子さんは面白おかしく母・真砂女さんのキャラクターを伝えています。

ただ、振り返ってみれば、実家の家業を継ぐために亡姉の夫と結婚、というあたりからの真砂女さんの人生は、自己中心どころかいってみれば自己犠牲ばかり。「家」のための、心通わぬ夫との日々。そして、それを支えたのが、ほんとうに愛する人との、結果的に叶わぬ恋、道ならぬ恋だったということでしょう。

どこまでも一途で、可愛い人。先に逝った恋人の墓参りもずっと続けました。でも、その人の奥さんも亡くなって同じお墓に合葬されることになると、すっきりきっぱり、墓参を止めます。

亡き人へ嫉妬いささか萩括《くく》る

これまた、さすがというべきか、最後まで現役の「女」ぶり。小柄な身体でしゃんと背筋を伸ばした、**「何事も半端は嫌い冷奴」**の人でした。

さて、真砂女の「波乱万丈」はまだ続きます。

昭和二二（一九四七）年、久保田万太郎の「春燈」に投句、万太郎に師事し、以後、俳句がこころの支えとなりました。

昭和三十年（一九五五年）、女将を続けていた「吉田屋」が不審火で全焼。ちょうどこのとき真砂女は第一句集「生簀籠」受領のため上京していたのです。小説より奇なり。まるでドラマのような話ですが、すぐに再建に尽力し、ほどなく営業再開します。

そして、昭和三二年、夫の下を離れるために、身一つで「吉田屋」を出ます。まさに「家」からの出奔なのですが、戦後になって一〇年以上たつとはいえ、千葉の田舎では「男のために家を捨てた」女。文字通り、世間の後ろ指からのがれるような出郷となりました。

ただ、本人は、すっきりした気分でもあったのでしょう。

何を以つて悪女と言ふや火取虫
ふるさとに悪名かくれなくも涼し

「涼し」という季語の、こういう使い方もあったのですね。

これまで、橋本多佳子や桂信子の若い日の「死別」という〝夫との離れ方〟について触れてきましたが、真砂女の場合は、恋愛結婚した最初の夫は蒸発、二度目の家のために結婚した夫からは彼女自らが出奔という、かなり特異な〝夫というものからの離れ方〟。それでも、そういう思いをひっくるめて「涼し」といえるところに、きっとこの俳人の本領があるのでしょう。

あるいは、次の一句。

冬菊やノラにならひて捨てし家

説明不要、ですね。

上京後、銀座一丁目、幸稲荷《しあわせ》の路地に小料理屋「卯波《うなみ》」を開きます。「卯波」は小さな店でしたが、いつも談論風発の客でいっぱいでした。気がつくと白い割烹着の真砂女がカウンターの脇にいてビールを持ってきたり、話の相手をしたり。奥の小部屋では、よく知られた俳人と女優たちの句会が開かれていたり。

気のいい小料理屋の女将、真砂女。こういう人のいる店は流行ります。常連になりたくなりますものね。

そうした日常の中から「**借財のなき身のかろさ葱鮪汁**《ねぎまじる》」「**今生**《こんじょう》**のいまが倖せ衣被**《きぬかつぎ》」といった生活感あふれる名句が生まれました。

もともと「春燈」の同人として俳壇で実績を重ねてきた人ですが、一九八〇年あたりから、そのキャラクターにも日が当たり、人気文化人となって、銀座・松屋のポスターにも登場しました。従来、主婦層をメインの客筋とする百貨店が、どちらかといえば〝主婦の反対側〟で生きてきた人をポスターに起用して注目を浴びる、そういうふうに「時代が変わった」ということだったのでしょう。

でも、やはり鈴木真砂女といえば、恋愛句の巨匠。ずっと続いた恋人との関係の中から恋愛の名句が数多く生まれました。亡くなるまで、毎年のように、詠む先からドラマがつむぎだされるような恋愛の名句が生み出されました。

以下に、数多い（それにしても多い！）真砂女の恋愛句のうち、代表的なものを季節でまとめてあげておきます（作られた年は順不同）。ここまでに紹介した真砂女の生涯のトピックスと照らし合わせて、ああ、きっとこういうときの句なんだなと読み取っていただいてもいいでしょう。

ただ、もちろん俳句もそうですが、芸術作品は、その人の実人生と離れて評価されるもの。ですから、読者はそれぞれに、自己中心的に、自分の心と響き合う句を名句として読み取る。そういう向かい方をするのが、真砂女俳句の一番いい鑑賞の仕方だと思います。

【春】

すみれ野に罪あるごとく来て二人

鳥雲に恋にかけたるいのちとや

生涯を恋にかけたる桜かな

花冷や簞笥の底の男帯

【夏】

死なうかと囁かれしは螢の夜

恋を得て螢は草に沈みけり
とほのくは愛のみならず夕螢
螢火や女の道をふみはづし
白玉や愛する人にも嘘ついて
夏帯や泣かぬ女となりて老ゆ
愛されしこともありけり蠅叩く
人は盗めどものは盗まず簾巻く

【秋】

わが恋や秋風渡る中に在り

こほろぎやある夜冷たき男の手

男憎しされども恋し柳散る

朝顔やすでにきのふとなりしこと

白《お》粉《しろい》花《ばな》やをんなはときに二タごゝろ

いつの日よりか恋文書かず障子貼る

泣きし過去鈴虫飼ひて泣かぬ今

かのことは夢まぼろしか秋の蝶
来てみれば花野の果ては海なりし
【冬】
雪女恋の手管は知りつくし
遠き遠き恋が見ゆるよ冬の波

❁粋筋の人

一般的にはあまりなじみがないかもしれませんが、花柳界から、ふたりの恋愛俳句を紹介しておきましょう。

ここまで俳壇のスターとか、人気俳人といった表現で何人かの女性俳人を紹介してきましたが、まず一人目に紹介するこの人は、正真正銘の大スターにして芸道の最高境地を極めた人、武原はん。

武原はんの舞の会が、たとえば国立劇場で開かれるとなれば、その至芸を同時代人として眼に焼き付けておきたいということで、チケットは即日完売。見逃した人は、次の機会を待ちかねました。

上方の御座敷芸「地唄舞」を芸術の域まで高め、自らも芸術院会員、文化功労者となりましたが、「動く浮世絵」とまでいわれた美しい容姿とともに、文化界、財界、政界の重鎮たちとの華やかな交遊も常に話題となりました。

現在ほど芸能界が巨大化する前の時代は、いわば花柳界が芸能界。ですから、人気の芸妓さんなどは、現在のアイドル的存在でした。そこから、芸と教養を積み、研鑽を重ねて、人間国宝級の本物のスターになっていく女性たちがいたわけです。

武原はんは、明治三六（一九〇三）年、徳島に生まれ、一二歳ごろから大阪を代表する料亭大和屋の芸妓学校に入り、山村流の地唄舞を中心に芸事を修得。一四歳で芸妓「はん」となり、二〇歳で大和屋を離れます。

そして二七歳で東京の大地主の次男坊、希代の「高等遊民」、青山二郎の後妻となって上京。これが昭和五（一九三〇）年のこと。世間は世界恐慌による不景気、翌年には満州事変が始まるという時代ですが、大金持ちのお坊ちゃまで先端的文化人、本格的教養人の青山二郎の周りには、小林秀雄、中原中也、柳宗悦、永井龍雄、宇野千代、白洲正子など、いまから思えば信じられないようなきらきらした才能が集まっていました。

そうした環境で磨かれたはんは、三年で青山二郎と離婚。二郎からの「自立」ということで、周囲の文化人もはんの応援に回ったそうです。こういう〝夫との離れ方〟もあるわけですね。

ひとりとなったはんは、木挽町の料亭「なだ萬」で若女将的立場で働くとともに、地唄舞を東京に根付かせるべく、舞の修業に打ち込みます。そして、昭和一三年、はんが三四歳の時に、高浜虚子が「なだ萬」を訪れます。

「とにかく、俳句が好きですねん」というはんに、「ぜひ、おやりなさい」と応える虚子。その場で虚子は「はん女」という俳号を与え、ここから師弟関係が始まります。

虚子のもとに東京の旦那衆と人気の芸者衆が集まって開かれていた「二百二十日会」という句会があります。こういう句会の中心に座って動じない虚子もなかなかです。この会に初参加、初入選したはんの句が、「**小つづみの血に染まりゆく寒稽古**」。

その後、舞を仕事に生かすため新橋の芸妓となり、戦後は再建「なだ萬」の女将をやり、そうして昭和二七年に第一回の「武原はん　舞の会」を開く運びとなりました。はんの九五年の生涯の後半は、赤坂、六本木で料亭「はん居」を経営しながら、舞に精進する日々。それを支えた文化人の一人に、昭和の文豪大佛次郎がいます。奇しくも最初の夫青山と同じジローさん。はんの恋人ではないか、という噂もありましたが、大佛自身は自らを「おはんちゃんの演出家」と言っていたそうです。

鎌倉の住まいが向かい同士だったというふたり。大佛が亡くなった後、前書きに「大佛次郎先生をお偲びして」とある、はんの一句。向かい同士、では出せない距離感。

春昼ややがてペン置く音のして

さて、そうした武原はんの、山口青邨が「さすがに艶」といった句の中から、恋のニュアンスが感じられる句をあとふたつ。

香水やその夜その時その所

六十の恋つづきをり梅もどき

おはんさん、その香水で思い出す、夜、時、場所、というのは……。こういうのは、普通の主婦業の中ではどうひねってもできません。

もうひとり、新橋の芸者で虚子に師事した竹田小時の句も紹介しておきましょう。竹田小時は武原はんの二つ下、明治三八年に弘前で生まれました。一四歳から東京の代表的花街新橋の芸者となり、常磐津の名手とうたわれた名妓。

昭和の初めごろ、花柳界に俳句を広めたのは、あの「麗子像」で知られる画家の岸田劉生だったといわれています。そのころは花柳界が文化サロンだったわけですね。二〇代前半の小時も、財界人のお座敷に招かれていた高浜虚子に出会ったことから虚子に師事し、のちに「ホトトギス」同人にまでなっています。

この小時の句には、花柳界独特の言い回しがあって、またそれが不思議な艶っぽさとユーモアを漂わせていて、粋筋の恋心の一端を伝えてくれています。

春の夜や岡ぼれ帳をふところに

「岡ぼれ」は、「岡惚れ」「傍惚れ」で、直接関わらずに密かに恋すること。では、「岡ぼれ帳」とは……。

仕事ではなく、本気で好きになった人、自分の気持ちは伝えてはいないけれど、そのひとの名前を書いた小さなメモ帳のようなものを懐にいれて今夜も御座敷へ。春の朧の夜。そのメモ帳を「岡ぼれ帳」と呼んでいることは私だけの秘密。今夜のお座敷に、あの人は来ているかしら、と。

秋雨やトランプ占ひ相ぼれと

秋雨《あきさめ》。秋霖《しゅうりん》、秋黴雨《あきついり》とも。梅雨のようにつづく秋の長雨。飽き飽きしていたところに、ちょうど、お互いに思いあっている人のお座敷。芸を披露するよりも、トランプ占いをしてその時間を過ごすという、そこにきわめて親密な間柄の表現がありますね。

トランプ占いという新しい言葉と「相ぼれ」という江戸情緒を醸し出す言葉が絡み合って、いわゆる「いちゃいちゃ」感といいますか、不思議な艶っぽさが生まれました。

客も妓もみちのく人で炬燵かな

座敷に来てみれば、呼んだ客も呼ばれた芸妓も、みちのくの出身だったという。そこから一気に生まれる親密感、同郷の安心感、懐かしさ。それが、同じ炬燵の中で過ごすうちに、濃密な空気が流れ始めて……。と読んでも、それほど間違いではないでしょ。どこか「雪国」の一シーンを思い出させるような、粋筋ならではの一句。家庭の炬燵では、こうはいきません。

❋百花繚乱、昭和戦前から平成の恋愛句まで

さて、戦後の昭和二二（一九四七）年五月三日、大日本帝国憲法日本国憲法、つまり明治憲法に代わり、日本国憲法が施行されて、長く女性たちの生き方にプレッシャーをかけ続けてきた「家制度」の桎梏も、結婚制度の制約もなくなりました。

残るは、五七五の制約だけ、というのは冗談ですが、この時代に、あえて「縛り」のある文芸表現を選んだ女性たちの恋心はどうなっているのでしょうか。

制約の多かった社会の中で、それを突破しようという気持ちの反映でもあった恋愛俳句、現代ではどういう表現になっているのでしょうか。先輩たちを超えることができているのでしょうか。

それは、同時代人である読者の皆さんが、自分自身の眼で、心で鑑賞して判断していただければ、と思います。

では、以下に筆者好みの恋愛句を四〇句ほど。

螢火の点りて男消えて女

津田清子（一九二〇〔大正九〕年生まれ）

虹二重神も恋愛したまへり

抱かれたし信濃夏霧捲き来たる

鬼頭文子（一九二〇〔大正九〕年生まれ）

花いばら髪ふれあひてめざめあふ

人の手がしづかに肩へ秋日和

鷲谷七菜子（一九二三〔大正一二〕年生まれ）

遠ざけし人恋ふ枇杷の咲きてより

紅梅のあなた清十郎の恋

加藤三七子（一九二五〔大正一四〕年生まれ）

恋死の墓も涼しき一つにて

逢ふための薄刃のごとき夏の帯

櫛原希伊子（一九二六〔大正一五〕年生まれ）

抱かれて痛き夏野となりにけり
津沢マサ子（一九二七〔昭和二〕年生まれ）

どこまでが帯どこからがおぼろの夜
品川鈴子（一九三二〔昭和七〕年生まれ）

抱擁や初髪惜し気なくつぶす
森田智子（一九三八〔昭和一三〕年生まれ）

ハンカチを拡げて何も始まらず
大木あまり（一九四一〔昭和一六〕年生まれ）

ふたりして岬の凩《こがらし》きくことも
鳴門奈菜（一九四三〔昭和一八〕年生まれ）

春満月袋の中に二人いる

鬱の季の男と菫《すみれ》そだている

寺井谷子（一九四四〔昭和一九〕年生まれ）

人体の自在に曲がる螢の夜

抱かれて指繊くなる雪明り

恍惚の直後の手足雪降れり

高澤晶子（一九五一〔昭和二六〕年生まれ）

寒林や男を離れ考える

その人の汗がひくまで待ちにけり

傍らにいつもの男近松忌

正木ゆう子（一九五二〔昭和二七〕年生まれ）

螢火や手首ほそしと摑まれし

螢狩うしろの闇へ寄りかかり

恋文も時効のころの桐の花

ひとの掌に手をあづけゐる涼しさよ

寒いねと彼は煙草に火を点ける

鎌倉佐弓（一九五三〔昭和二八〕年生まれ）

桃熟れてもうすぐ叫ぶ叫んでしまう

愛ならば木の葉の裏でふるえている
春の山たたいてここへ坐れよと
石田郷子（一九五八〔昭和三三〕年生まれ）

人とゐて落花はじまるゆふまぐれ
蘭草慶子（一九五九〔昭和三四〕年生まれ）

春は曙そろそろ帰つてくれないか
父親になりたいですか天の川
をしどりがたとへばおろかだとしても
櫂未知子（一九六〇〔昭和三五〕年生まれ）

雪まみれにもなる笑つてくれるなら

夜桜やひとつ筵《むしろ》に恋敵《こいがたき》

黛まどか（一九六二〔昭和三七〕年生まれ）

水着選ぶいつしか彼の眼となつて

恋人を待たせて拾ふ木の実かな

大高翔（一九七七〔昭和五二〕年生まれ）

ひきとめてみたい背中に青嵐

くちづけのあとの真つ赤なトマト切る

エピローグ

俳句で表現することの尊さを知ってほしい

❋子規庵

俳句に関わっている者や俳句愛好者にとって、東京・根岸の「子規庵」は大きな名前だと思います。幾つかある俳句の「聖地」のひとつといってもいいでしょう。

ただ、その名前の大きさ、重さに比べ、実際に訪ねてみると、その小ささにある意味驚いてしまう人も多いのではないでしょうか。「ええ！　ここがあの有名な子規庵か」というわけです。そして、その小ささに、胸ふさがれる思いもするのです。

この小さな庭を持つ小さな家が、正岡子規の「全世界」であり、足の自由がきかない子規のために特別に切り込みが作られた小さな机がいまも置かれています。

ここで寝たきりの療養生活を送る子規を妹や母が看病し、糸瓜《へちま》をとり、雪の日には子規が「どれくらい積もったかな」と何度も尋ねる、まさに「いくたびも雪の深さをたずねけり」の一日がありました。

また、ときには友人の夏目漱石や秋山真之が訪ねて来、句会の折には高浜虚子や河東碧梧桐をはじめ子規の弟子たちが賑やかに集まってきたのでしょう。

明治三一年の秋のある日、弟子のひとりである竹村秋竹が金沢の女性で俳句をやっているという中川富女を連れて子規庵にやってきます。噂の加賀美人。

弟子たちの浮き立つような雰囲気の中で、「お体の具合はいかがですか」と尋ねる富女がいて、機嫌のいい子規がいて、そして虚子がいて、碧梧桐がいて……。そんな平和な明治の一日が思い浮かびます。

そこには、子規の病状の悪化への懸念はあったとしても、碧梧桐と虚子が袂を分かつというような、そんな未来を予測させるものはひとつもなかったのではないでしょうか。

でも、現実には「我が恋は林檎の如く美しき」の一句を残しての竹村秋竹と富女の別離があり、第二章で触れたような碧梧桐と虚子の完全離反がありました。

そしてもちろん、子規庵の周囲に男女を誘いこむネオンサインが瞬くようになろうとは、百年前の根岸の里からは想像もできなかったに違いありません。

❋「主婦の友」と「婦人画報」の俳句欄

正岡子規の没後、「ホトトギス」を後継した高浜虚子が大正期に女性俳句の扉を開き、それを端緒に女性俳人による幾多の素晴らしい恋愛句が生まれました。また、マスコミの発達という「時代の機運」を捉えた虚子がメジャーな女性誌と手を結んだことによって、女性の俳句はより広い世界をもつこととなります。

この女性誌との提携、つまりマスコミ俳句欄の選者になるということが、虚子と碧梧桐、そして女性俳人を含む虚子の弟子たちの系譜に幾つかのエピソードを生みました。本書の締めくくりとしてその流れを簡単に紹介しておきましょう。

大正一一年の「主婦の友」新年号から高浜虚子の選による読者投稿の「俳句欄」が始まり、二代目選者に村上鬼城、昭和二年には高弟の長谷川零余子（長谷川かな女の夫）が三代目の選者となったというところまでは第二章でご紹介したとおりです。ところが、この長谷川零余子が翌三年に腸チフスで急死。そこで急きょ、四代目の選者として立ったのがこれも「ホトトギス大正五傑」のひとり、渡辺水巴でした。

零余子の最後の選の一等賞は「若鮎の濡れたる草の匂ひかな」神戸・村尾須美恵。どこかに官能のニュアンスが伝わる、というのは選者の評のとおりですね。

一方、俳句は「主婦の友」に任せておけばいいやとばかりに、佐々木幸綱による「短歌欄」だけを続けていた「婦人画報」も女性への俳句の普及を無視できなくなったようで、それではということで選者を探します。そこで白羽の矢を立てたのが「ホトトギス」の中で女性俳人の第一人者と目された長谷川かな女でした。

これは、しごくまっとうな人選だと思われます。しかし、タイミング的にはきわめて刺激的で、ドラマチックな展開となりました。

長谷川かな女の「日常生活と俳句」という原稿が「婦人画報」に掲載され、かな女選の俳句欄のスタートと俳句募集が告知されたのが昭和三年の六月号。つまり、この時点では、夫の長谷川零余子が「主婦の友」の俳句欄の選者！　なんと、時代を代表する二つの女性誌の俳句欄で夫と妻が競い合う、という前代未聞の展開となったのです。

しかも、ドラマはこれで終わりません。この数カ月後、夫の零余子の急死という、突発的な事態が起こります。まさに、神のみぞ知る、ですね。こうして、長谷川零余子・かな女の夫婦で女性誌俳句欄選者を担当するという究極のライバル関係は突然の幕となりりました。
ここでは、かな女が「婦人画報」の読者に対して〝表現することの尊さ〟を呼びかけた「日常生活と俳句」の原稿の中から、一部を紹介しておきましょう。
「これは人と生まれ出た誰もが持っていなければならない詩想ともいいましょうか。自分では気がつかずにいても誰にもないはずの尊い珠玉であると思います。ただその詩想をそとに現わすことを知らなかったため、現わすことは知っていても自然に親しむことを知らなかったため、などで尊い珠玉を持ち腐れに一生を終わってしまうことの多いのは大変悲しいことだと思います……」（現代かな遣いにて・筆者）
師の虚子は「主婦の友」で俳句をすすめるとき、まず、このようにすればよい、という具体例を示しました。しかし、かな女は、最初に「自分自身」を表現することの大切さを説いています。そのことを、ひとつの進化として注目しておきたいと思います。

❁碧梧桐と「婦人画報」の失敗

昭和六年「婦人画報」新年号には、かな女選で「遣羽根《やりばね》や美しく落ち雪の上」（東京・

岡葉子）が掲載されます。「羽根つき」はかな女好みの季題だったのでしょう。ここには思い合う若い男女の清冽な情緒が漂っていますよね。

ところが、どういうわけが、同年三月号で「俳句欄をいったん打ち切り」という社告が出ます。「主婦の友」が昭和五年の一〇月号で渡辺水巴から「ホトトギス」とは別系統の矢田挿雲に選者を替えていますから、「婦人画報」も何か新機軸をというのがあったのかもしれません。

翌七年、「婦人画報」は二月号にいきなり河東碧梧桐の「旅中吟」五句という作品を掲載し、三月号にこの碧梧桐の選による読者俳句欄を始めるという告知を出します。たぶん、虚子系ばかりではなく、虚子の永遠のライバル碧梧桐先生で一度やってみようじゃないか、という論議が編集部で盛り上がったのでしょう。

しかし、これは大失敗でした。編集部は、碧梧桐の俳句をよく知らなかったのかも知れません。あるいは、ちょっと挑戦的な誌面をつくりたかったのか……。

二月号に掲載された碧梧桐の作品は次のようなものでした。

春祭《マツリ》す考幼《ミナ》が友禪《アカ》を頭《づ》に背に岩そゝると深淵《ヨド》む

阿蘇靄《モヨ》ひもやひ肌脱《ヌ》ぐ白梅點《シラシラッ》々く針葉樹《モリ》蜒々《ムクク》と襲

これは、いわゆるルビ俳句というもので、昭和の初期に碧梧桐などが広めようとした新機軸の「俳句」。漢字に自分が思う意味のルビを振るという方法なのですが、掲載作を読んでも、とても成功しているとは思えません。

新傾向俳句、自由律と進んだ碧梧桐さんがここまで行ってしまったというのはわからないではありませんが、たぶん読者にはさっぱり伝わらなかったのだろうと思います。案の定といいますか、選者の先生がこれではということで、読者からの投句がほとんどなかったのでしょう。このあと、碧梧桐選の俳句欄が掲載された形跡、なし！

翌八年三月、還暦を機に、碧梧桐は俳句界からの引退を表明。この行為には、大権威者となった虚子への批判のメッセージが込められていたといわれています。

碧梧桐起用の失敗から少し間をおいて、再び「婦人画報」に俳句欄が復活します。そのときに起用した選者は、なんと御大高浜虚子本人と、愛娘で「昃《ひかげ》れば春水の心あともどり」などで俳句の天才ぶりをうたわれていた星野立子のセット。俳句界の王道を行く「父娘の共選」というビッグ企画をぶつけてきたわけです。

たぶん、「やはり俳句は虚子先生だよね」という現実認識と、「それならいっそ立子さんも一緒に」という編集者らしい企画立案で押したのでしょう。

碧梧桐を先に起用した「婦人画報」が膝を折って依頼に来たのですから、虚子も気分が悪いわけがありませんね。しかも、掌中の珠である立子との「共選」でという刺激的なプレゼンテーション。

「ほほう。面白いご提案ですな」

企画提案をする編集者に対して、うむうむとうなずく虚子の姿が浮かんできます。

こうして、昭和八年、その春に引退した碧梧桐とは逆に、十月号から高浜虚子・星野立子の父娘共選による「婦人画報」俳句欄が始まりました。その選の秀逸作「秋風にはらひし琵琶の埃かな」秋田・水鳥玲子。いかにも「ホトトギス」。

一方、この時点での「主婦の友」の俳句欄は、渡辺水巴に代わって昭和五年一〇月号から矢田挿雲が五代目の選者となっていました。矢田は俳人であり小説家でもありますが、実は、虚子とは子規の兄弟弟子で、虚子のいわば弟分。直系弟子ではありません。

これでは虚子は何のために長く「主婦の友」と手を結んできたかわかりません。あまり愉快な成り行きではなかったでしょうし、そういう背景もあって「婦人画報」からのオファーを受け入れたのかもしれません。

ただ、「主婦の友」としては俳句界の帝王とプリンセスをごっそり「婦人画報」にもっていかれたのですから、対応策に大わらわだったのではないでしょうか。結局、矢田挿雲の選で続けた「主婦の友」俳句欄を昭和九年の八月号をもって終了します。

そして、虚子が創設した「主婦の友」俳句欄は、五年間の長い空白期間に入りました。

❁スター選者たちが残してくれたもの

こうして昭和八年から「婦人画報」俳句欄で父娘共選という幸せな作業を続けた高浜虚子と星野立子ですが、やはり時局の勢いには勝てなかったようです。

昭和六年の満州事変以来、くすぶり続けていた日中関係がいよいよ悪化、一二年に至ってとうとう日中戦争（日華事変、シナ事変）となり、日本軍が南京を占領します。

一二月号の特集企画は「準戦時下の忘年会鍋」と「時局にふさわしい家具」。こうした中、とうとう俳句欄は縮小となり、年四回の掲載という方向性が出されます。

しかし、このあと、戦前にその俳句欄が復活することはありませんでした。日本は、日中戦争からアジア太平洋全域を戦域とした対米英戦争に突き進んでいきます。

さて、長く俳句欄を中断していた「主婦の友」ですが、こちらは昭和一四年の後半から水原秋桜子の選で俳句欄を復活させます。水原秋桜子は虚子の弟子でしたが「ホトトギス」から離反独立し、俳句誌「馬酔木」に移ってその主宰となった人。当時の俳句界では新しい潮流のリーダーでした。俳句界も「ホトトギス」一辺倒ではなくなった時代ということです。

そして、「主婦の友」は秋桜子選で戦争中も俳句欄を継続。あの敗戦当月の昭和二〇年八月号でもわずか三一ページという紙数の中で、一等から三等までの入選者の名前だけは発表、しかも焼け野原からの再出発を呼び掛けつつ、次号への投句を募集しているのです。このことに心からの敬意を表し、感動とともに特記しておきたいと思います。

戦後の「主婦の友」は昭和二一年いっぱいまで水原秋桜子の選を続けます。一等「馬駈けて牧のさくらの散りにけり」千葉・斎藤克江。戦後の開放感があふれていますね。

続く昭和二二年からは秋桜子と星野立子の月替わり選となり、これが六年間続いたあと、二七年の二月号から秋桜子が中村汀女に交代。秋桜子は戦前の一四年から一三年間という長きにわたる「主婦の友」選者担当に終止符を打ったのでした。

ここから立子、汀女という「ホトトギス」系のゴールデンコンビによる月替わり選がスタートし、七年間続きます。立子は「玉藻」の主宰、汀女は「風花」の主宰としてすでに俳句界の大スターでしたが、「主婦の友」という大雑誌の選者を続けることでさらにファン層を広げたのでした。

しかも、このふたりの場合は、この間、昭和二九年六年号から復活した「婦人画報」の俳句欄の選者も引き受けます（中村草田男を含めた三人交代制）。いずれにせよ、これは星野立子、中村汀女以外、誰もできない離れ業といいますか、まさに専門家だけでなく一般俳句愛好者まで含めた女性俳句の世界は、立子、汀女のふたりの名で語られるという情況が生まれたということです。

このあと、「婦人画報」は昭和三四年から水原秋桜子の「馬酔木」に出自をもつ加藤楸邨・石塚友二のコンビによる月替わり選となり、三七年まで続きます。

「主婦の友」のほうも、昭和三五年に星野立子から石田波郷に交代。汀女と波郷の月替わり選となります。石田波郷も先の水原秋桜子の「馬酔木」から出て、「鶴」主宰となった俊英で、当時は東京都下の清瀬にあった国立結核療養所を中心に療養生活を断続的に続けていました。そして、病没する昭和四四年までの一〇年間、汀女とともに選者を続けます。

石田波郷亡きあとは中村草田男が引き受け、ここで「婦人画報」でもおなじみであった汀女・草田男コンビが「主婦の友」で復活、この月替わり選が昭和五二年まで。そして、五三年からは汀女単独の選となって昭和五九年（一九八四年）七月号の最終選まで続きました。その汀女の最終選。「丘一つ団地となりて桜咲く」大阪泉南市・森内節子。思えば昭和二七年から五九年まで、三〇余年、メジャーの女性誌の俳句欄の選者を続けた中村汀女。戦後の女性俳句はこの人の名を抜きには語れないでしょう。

外《と》にも出よ触るるばかりに春の月　汀女

この句は、汀女の代表作のひとつで、春の月夜の気分の良さを詠んだ名句とされています。でも、単に春の情緒を詠んだわけではありませんね。外に出よ、と呼びかけているのですよ、汀女という「主婦俳句」の象徴のように言われた人が。

「外にも出よ」「とにもでよ」……口に出して何度か詠んでみてください。すると、奈良平安以来、多く女性が詠んできた恋と愛のＤＮＡがふつふつと胸の中にわき上がってくる……そんな感じがしてきませんか。

ひょっとしたらこの句は、貞女の鏡のように見られていた汀女さんの、深い思いを込めた秘密の恋句だったのかもしれませんね。

私の知っている団塊の世代の女性で、男尊女卑の風土で育った男性と結婚した人がいます。この女性は結婚以来、夫に門限午後五時を言い渡され、夫が死ぬまでそれを守り、五時近くなると、いそいそと帰宅したものです。

団塊の世代にして、こういう情況です。でも、この彼女もきっと、外に出て気分のいい春の月を好きな人と眺めたかったのだと思います。

彼女は、夫と死別した現在、高校の同窓会で再会した「そのころ好きだった人」と事実婚状態を満喫しています。

なにはともあれ、「外にも出よ」という汀女さんの呼びかけは、相手のこめかみを打ち抜くような一撃必倒のパンチではないけれど、ズシンと響くボディブローのように、多くの「家庭の主婦」の心に徐々に効き目を発揮していたようですね。


俳句専門誌、結社誌よりはるかに多い部数を発行する女性誌。そこに投句する不特定多数の女性読者たち。その、いわば「無党派層」ともいえる俳句愛好者たちは、虚子、立子、汀女、秋桜子、波郷、草田男、楸邨といった有名俳人に選んでもらえることを無上の喜びとしていました。

それだけでなく、名のある人が自分の表現を選んでくれたという事実が、どれだけ俳句を作る上の励みになり、人生の大きな支えになったことかと思います。

そして、そうした女性誌の俳句欄投句者たちが、現在の女性俳句隆盛の大源泉になっていることは間違いありません。そういえばおばあちゃんが、お母さんが、よく投句していたわよね、私もやってみようかな、という形で俳句を始めた若い女性も少なくないでしょう。

こういった面からみても、女性誌俳句欄の選者たちの果たした役割は、きわめて大きいといえるでしょうし、その端緒を開いた高浜虚子のプロデューサー能力にも改めて拍手を送りたいと思います。

あとがきにかえて

女性俳句の未来は恋愛句が開く

私はいま「石田波郷俳句大会」(東京都清瀬市主催)に関わっていますが、これは、「主婦の友」の選者として紹介した石田波郷の名を冠した全国的な俳句大会です。波郷が清瀬にある国立結核療養所に長く入院していたという縁によって、清瀬発の俳句大会として平成二一(二〇〇九)年に始まりました。

波郷は、昭和俳壇に大きな足跡を残した人ですが、「朝日新聞」や「主婦の友」の俳句欄の選者としても力を尽くしました。こうした新聞や一般の雑誌の読者投稿による俳句欄は、俳句結社に入っているわけでもなく、普段、専門俳人の指導を受ける機会もないという全国の俳句愛好者たちにとって非常にありがたいものです。

もし何らかの選に入ったなら選者の短評がついているのですが、そのことばのすべてが勉強になり、大きな励みになるのです。

さて、その「石田波郷俳句大会」ですが、全国に発信する俳句大会であることにちがいはありませんが、もうひとつの目的に地元清瀬市の子どもたちに俳句を普及させようということがあります。そのために、石田波郷という大きな名前のついた賞を出すだけでなく、具体的な普及策として市内の中学校や小学校に対する「俳句出前授業」というプロジェクトを行っています。

この「俳句出前授業」で出会う子どもたちの俳句、なかでも女子中学生たちの俳句の中に実に素晴らしく刺激的な恋愛句がたくさんあるのです。

たとえば「波乗りとカキ氷が好き君が好き」。いいですよねえ。またたとえば「天の川告白しよう橋の上」。「君の心つかめぬ天の川つかめぬ」がんばれ。

あるいは「ほんの少し切なく感じる花火の香」。鼻にツンとくるよなあ。「君の声はじけて笑う夢花火」うれしいね、こういうストレートな恋の句。「夏服の彼を横目で追っている」すごくよく分かる。

一番感じるのは、中学二年生から三年生にかけての少女たちの感受性の成長度。多くの女子中学生が、その一年の間にびっくりするほど、そしてうれしくなるほど感受性が豊かになるのですね。

とりわけ、「蛍」といった題の場合など、二年生の頃には見られなかった恋の句が三年生になるとたくさんの女子から出るようになります。たとえば「恋しくていつも夢見る蛍の夜」。どうでしょうか。「もの思へば沢の螢も我が身よりあくがれ出《い》づる魂《たま》かとぞ見る」と詠んだ和泉式部をいうまでもなく、本編で紹介した桂信子さんや橋本多佳子さん、正木ゆう子さんたちの蛍の名句の「原初の心」がここにあるのではないでしょうか。日本の季節感の中での詩心と恋心、その肝心なところを今の女子中学生たちもよくわかっています。俳句の未来は、恋の句がある限り大丈夫です。楽しみです。

俳諧の時代にはたくさん詠まれていた恋の句が、明治以降の女性に対する法的な規制や「良妻賢母」的な社会規範の中で全体的に衰退してしまいました。

ただ、本書で見てきたように、そうした情況の中でも、何人もの女性俳人が「恋の句」に思いを込めて表現の道を切り開いてきたのです。その思いを、自由な表現が保障されている今こそしっかりと受け止めて、大いに「恋の句」を詠み上げてほしい、そんなエールを全国の恋する俳人、俳句愛好者の皆さんに送っておきましょう。

本書を締めくくるに当たり、ハースト婦人画報社の資料室と「主婦の友」を閲覧させていただいたお茶の水図書館に対してスペシャルサンクスを申し上げます。そこに「婦人画報」と「主婦の友」の創刊号からのバックナンバーがずらりと並んでいることに、長く女性誌に関わってきた者として改めて感動を覚えました。
最後に本書の刊行に際してご尽力いただきました〝俳友〟の加藤真理さんと論創社の森下紀夫さんに感謝の意を表して、筆をおきたいと思います。

二〇一三年一月
谷村鯛夢

本書で取り上げた俳人を中心とした年表

慶応3（1867）年
正岡子規、四国・松山に生まれる。

慶応4／明治元（1868）年
明治維新。江戸を東京と改称。

明治2（1869）年
京都から東京に都を移す。
函館五稜郭で旧幕府勢力と新政府軍の最後の闘い。

明治3（1870）年
公家、武家以外の一般の者、つまり平民が姓を名乗ることが許されました。
日刊新聞の第1号「横浜毎日新聞」創刊。マスコミの誕生ということでしょうか。

明治4（1871）年
散髪廃刀許可、つまりちょんまげを切ってもいいし、刀を差さなくてもいい、といっているんですが、実はちょんまげを切れ、刀をさすな、という命令。
廃藩置県。土佐藩や薩摩藩をやめて、高知県とか鹿児島県にしましょうという話。これでぐっと近代的なニュアンスが出てきました。

明治5（1872）年
太陽暦採用。それまで使っていた月の満ち欠けをベースにした太陰太陽暦をやめ、欧米諸国と同じ［太陽暦］に変更。暦の変更は、仕事のやり方をはじめ、社会生活すべてに大影響を与えるたいへんな変革でした。
この時点で、それまでの太陰太陽暦は「旧暦」、新採用の［太陽暦（陽暦）］は「新暦」といわれるようになったわけです。
鉄道開通（新橋ステーション—横浜ステーション）。
樋口一葉、東京に生まれる。

明治6年（1873）**年**
徴兵令。キリスト教が解禁される。

明治7（1874）**年**
女子師範学校設置。
高浜虚子、四国・松山に生まれる。

明治8（1875）**年**
中川富女、北陸・金沢に生まれたとされる。

明治10（1877）**年**
西南戦争で西郷隆盛死す。武士の反乱の最後。翌年、大久保利通が暗殺されて、明治維新のリーダーが相次いでこの世を去る。時代がまた、大きく変わっていきます。

与謝野晶子、大阪に生まれる。

明治16（1883）**年**
鹿鳴館が日比谷に完成。華族を中心とした上流階級の男女が西洋舞踏、つまり社交ダンスを練習し、男性はフロックコート、女性は腰部を膨らませたバッスルスタイルの洋装で夜な夜な舞踏会を開く。まねごとのようですが、こうして日本人は西洋文化を懸命に取り入れようとしていたのです。

明治17（1884）**年**
華族令により、新時代の「貴族」といえる「爵位」を定められました。
つまり「侯爵、公爵、伯爵、子爵、男爵」の五爵。従来の公家や大名家が華族となった他に、山形有朋、伊藤博文など明治維新に功績のあった武士、実業家にも適用され、「華族」はいわゆる上流階級として特権を持つ社会的身分となったのでした。

明治19（1886）年

帝国大学令公布。これによって、明治10（1877）年に設立された東京大学が「帝国大学」となり、このあとの10年余、大学といえばこの「帝国大学（東京大学）」でした。その後、明治30（1897）に京都帝国大学が創立され、それに伴って「帝国大学（東京大学）」も、東京帝国大学と改称。続いて、明治40年に東北帝国大学、44年に九州帝国大学が創立されました。

その後、順に北海道帝国大学、京城帝国大学（現・ソウル大学校）、台北帝国大学（現・台湾大学）、大阪帝国大学、名古屋帝国大学が創立されています。

平塚らいてう、東京に生まれる。

明治20（1887）年

東京に電灯がともる。文明開化の明かり。

長谷川かな女、東京で生まれる。

竹下しづの女、福岡で誕生。

明治22（1889）年

大日本帝国憲法（通称・明治憲法）発布。

時代が明治と変わって20年余、日本人はやっと憲法という国家の根本法、国の最高法規を手にし、近代的な国家の体制をととのえました。

とはいえ、主権は国民ではなく天皇にあって、選挙権、つまり政治に参加する権利「参政権」も高額納税者の25歳以上の男性に限られ、女性の政治参加など夢にも考えられませんでした。

東海道本線開通—東京・新橋と神戸の間を20時間で走る。「気笛一声新橋を……」（鉄道唱歌）——東京駅ができるのは、これから25年もあとの大正3（1914）年のこと。

明治23（1890）年

第1回衆議院議員総選挙がおこなわれる。

女子高等師範学校設置。

杉田久女、東京で誕生。

明治27（1894）年
日清戦争始まる。

明治30年（1897）年
正岡子規主宰の俳句誌「ホトトギス」松山で創刊。

明治32（1899）年
高等女学校令。女学校設立ブームとなりますが、その教育の基本方針は「良妻賢母」。
橋本多佳子、東京に生まれる。
三橋鷹女、千葉県に生まれる。

明治33（1900）年
東京女子高等師範学校（現・お茶の水女子大学）設立。パリ万博。
鉄道省歌第1集（気笛一声新橋を）刊行。与謝野鉄幹「明星」を創刊。書籍と舞台、共に「金色夜叉」（尾崎紅葉）大ヒット。

明治34（1901）年
20世紀のスタート。八幡製鉄所操業開始。明治の日本は「殖産興業・富国強兵」の道をひた走ります。日本女子大学校（現・日本女子大学）開校。女子高等教育界の第一人者といわれた成瀬仁蔵による創立で、教育方針は「女子を人として、婦人として、国民として教育する」。

明治35（1902）年
正岡子規、死去。この年初めて小学校への就学率90パーセントを超える。

明治36（1903）年
夏目漱石（金之助）、イギリス留学より帰国。

明治37（1904）年
日露戦争始まる。
三越呉服店、デパート形式で開業。

明治38（1905）年
日本海海戦などの勝利により、日本有利の形で日露戦争終結。
国木田独歩、「婦人画報」を創刊。
「ホトトギス」で夏目漱石の「吾輩は猫である」が始まる。竹久夢二の「夢二式美人画」人気に。

明治39（1906）年
夏目漱石、「坊っちゃん」を『ホトトギス』に発表。
鈴木真砂女、千葉県に生まれる。

明治40（1907）年
女学生にリボンが大流行。

明治41（1908）年
末広ヒロ子、世界美人投票コンクールで第6位に。ヒロ子は16歳の小倉市長の娘で、女子学習院に在学中でしたが、そのことで退学処分。
日本女子大学校の卒業生平塚明子（のちの平塚らいてう）と東京帝国大学の卒業生で漱石の弟子の森田草平が心中未遂。
川上貞奴、帝国女優養成所を設立。

アメリカでT型フォード発表。大衆車時代へ。

明治42（1909）年
伊藤博文、中国ハルビンで暗殺される。
初の映画雑誌「活動写真界」創刊。山手線運転開始。

明治43（1910）年
日本が韓国を併合。いわゆる「韓国併合」。
大逆事件で幸徳秋水、管野スガら拘束され、翌年に死刑。石川啄木「時代閉塞の現状」。
「白樺」創刊。志賀直哉、武者小路実篤、有島武郎らは白樺派と呼ばれました。
東京でカフェーの開店が相つぐ。

明治44（1911）年
「青鞜」創刊。この雑誌を創った平塚らいてうたちは「新しい女」と皮肉も込めて呼ばれました。

明治45／大正元（1912）年
明治天皇崩御。乃木希典殉死、夫人も殉死して「良妻賢母」の手本に。「明治」の終焉。

中華民国成立。タイタニック号沈没。

大正2（1913）年
石川啄木没。

文部省による反「良妻賢母」論の取り締まりで「青鞜」2月号など発禁。

アメリカに映画の都ハリウッド誕生。

森永ミルクキャラメル発売。

島村抱月が、すでに「ハムレット」のオフェーリア役、「人形の家」のノラ役などで人気を得ていた松井須磨子とともに「芸術座」を興す。

大正3（1914）年
第一次世界大戦がヨーロッパで勃発。史上初の世界規模の戦争であり、国を挙げた総力戦になりました。

日本も対ドイツに宣戦して参戦。

東京駅完成。「銀ブラ」が流行。

三越呉服店、エスカレーターとライオン像を設置してリニューアルオープン。「今日は帝劇明日は三越」が流行語に。

読売新聞、「婦人付録」新設。「身の上相談」など婦人欄のはじまり。

「芸術座」でトルストイの『復活』を上演し大当たり、主演の松井須磨子の歌う「カチューシャの唄」も大ヒット。

桂信子、大阪で生まれる。

大正4（1915）年
芥川龍之介「羅生門」。
電気ごてによる女性の縮髪（ウェーブ）が流行。
カフェーの女給の白エプロン姿がこの頃始まる。

大正5（1916）年
吉野作造「民本主義」論を発表し、いわゆる「大正デモクラシー」のリーダーに。夏目漱石、50歳で没。
「婦人公論」創刊。

大正6（1917）年
「主婦之友」創刊。雑誌によるマスコミ時代へ。

「コロッケの歌」流行。
日本初の多色おしろい「七色粉白粉」が福原資生堂より発売。

大正7（1918）**年**
第一次世界大戦がドイツの降伏で終結。日本がロシア革命にシベリア出兵で干渉。
生活難が続き、富山の主婦から始まった米騒動が全国に広がる。
宝塚少女歌劇、東京初公演。

大正8（1919）**年**
スペイン風邪大流行で島村抱月死去。松井須磨子、島村抱月のあとを追って自殺。
東京で俸給生活者組合結成。
女子事務員、急増。カルピス発売。

大正9（1920）**年**
松竹蒲田撮影所スタート。
平塚らいてう、市川房枝などの新婦人協会発足。
東京に白襟、黒サージの洋装の「バスガール」登場。
「職業婦人」が流行語に。

大正10（1921）**年**
初の平民首相原敬刺殺。
栄養菓子グリコ発売。
三越呉服店に女子制服。

大正11（1922）**年**
「旬刊朝日」「サンデー毎日」創刊。
「産児調節運動」の指導者サンガー夫人来日。子どもをつくることをコントロールするという、その論は女性にかなりの影響を与えた。
有島武郎、北海道の自分の農場を小作人に無償提供。
ダンスホール流行。

大正12（1923）**年**
関東大震災。ラジオの必要性の声が高まる。
大震災のさなか、大杉栄、伊藤野枝が憲兵隊の甘粕大尉に殺される「甘粕事件」。

大震災で、東京に残っていた江戸の面影が一掃され、近代都市へと大きく生まれ変わる。
有島武郎、婦人公論記者で人妻の波多野秋子と軽井沢の別荘で心中。
山野千枝子の「丸の内美容院（丸ビル内）」開設。初の「美容院」。

大正13（1924）年
夏の簡単服（アッパッパ）流行。洋服の実用化進む。
カフェー全盛。
マーセル・ウェーブの耳隠しヘアスタイル流行。

大正14（1925）年
治安維持法公布。普通選挙法公布され、25歳以上の男子に選挙権、30歳以上の男子に被選挙権を認めましたが、女性には選挙権も被選挙権もなし。
東京放送局よりラジオの本放送が始まる。コールサインはJOAK。女性アナウンサーも登場。こうして電波マスコミがスタートしました。
セーラー服の流行。

大正15／昭和元（1926）年
12月25日に大正天皇崩御。その日に昭和に改元。したがって昭和元年という年は実質1週間しかなく、すぐ年が明けて昭和2年となりました。
川端康成「伊豆の踊子」。
断髪のモガ（モダン・ガール）登場。

昭和2（1027）年
「主婦の友」荻野式避妊法を掲載。
金融大恐慌。銀行、企業の倒産休業が相次ぐ。
芥川龍之介自殺。
三越、初のファッションショー。水谷八重子らがモデルを務める。オーデコロン発売。

昭和3（1928）年
大阪で若い女性に入れ墨が流行。
スカート丈、膝上まで短くなる。

昭和4（1929）年
島崎藤村「夜明け前」、小林多喜二「蟹工船」刊行。

百貨店全盛時代。「東京行進曲」大ヒット。
「暗い木曜日」からのニューヨークの株価暴落で世界恐慌始まる。
特急「つばめ」東京—神戸間を8時間55分で運行。

昭和5（1930）年
男装の麗人・水の江瀧子（ターキー）大人気。
マニキュア流行。エロ・グロ・ナンセンス流行。

昭和6（1931）年
満州事変、起きる。中国東北地方で戦火。
「主婦の友」「婦人倶楽部」（講談社）など婦人雑誌の付録競争激化。
東京航空にエアガール（スチュワーデス）登場。

昭和7（1932）年
上海事変、起きる。中国での戦火が広がるばかり。
花王シャンプー発売。
日本橋の白木屋デパートで火事。着物姿の女店員14人が脱出の際の裾の乱れを気にして死亡。以後、下着のズロース（パンティより長めの下着）の着用が一般化したと言われている。
大日本国防婦人会創立。

昭和8（1933）年
日本、国際連盟を脱退。皇太子（現・天皇）、誕生。
資生堂、マネキン（モデル）による初の美容実演販売。
東京音頭での盆踊り流行。

昭和9（1934）年
ワシントン海軍軍縮条約を破棄。
日本初のスタイルブック「服装文化」（文化服装学院）創刊。

昭和10（1935）年
第1回芥川賞・直木賞決定。
洋服、自転車などの月賦販売流行。
パーマが一般に普及。
喫茶店大流行。東京だけで1万5000軒。

昭和11（1936）年
2・26事件で、東京に戒厳令。
「パーマネントはやめましょう」の標語（贅沢なヘアスタイルの自粛）。
「ああそれなのに」「東京ラプソディ」大ヒット。
阿部定事件。

昭和12（1937）年
日中戦争、起きる。日本軍が南京を占領。
日本、ドイツ、イタリアによる日独伊防共協定成立。
河東碧梧桐、没。

昭和13（1938）年
国家総動員法成立。

「スキンローション」「スキンクリーム」（資生堂）、「コールドクリーム」（ポーラ化粧品本舗）発売。

「繰り出し式口紅」発売。

パーマネント自粛により、若い女性に自粛髪型「ロール巻」流行。

代用品の鮫皮靴、鮭皮ハンドバッグ発売。

昭和14（1939）年
ソ連との間で「ノモンハン事件」の戦闘。
第二次世界大戦始まる。
「アイブロー」発売（ポーラ化粧品本舗）。
国民精神総動員委員会が、学生の長髪禁止、女性のパーマネント廃止などの案を決定。

昭和15（1940）年
「京大俳句事件」昭和一〇年代に起きた「新興俳句弾圧」の象徴的な事件。特高警察が治安維持法違反の容疑で俳人を検挙、投獄する中、前年の秋元不死男の検挙に続き、「京大俳句」に関わる平畑静塔、渡辺白泉、西東三鬼などが検挙されました。俳句の暗黒時代。

日独伊三国同盟成立。大政翼賛会発足で、政党政治の終焉。

「パーマネントはやめましょう」「お袖を短くいたしましょう」運動など、戦時色強まる。

東京のダンスホール閉鎖。化粧品、一部製造中止。

昭和16（1941）年
真珠湾攻撃からアメリカ、イギリスなどに対し宣戦して太平洋戦争始まる。
高村光太郎『智恵子抄』刊行。
中学校の制服、男子は国民服に戦闘帽、女子はセーラー服からヘチマ型エリに変更。
女子の軍事教練始まる。婦人はモンペ姿に。

昭和17（1942）年
米軍機が東京、大阪、名古屋を初爆撃。
与謝野晶子、没。大日本婦人会結成。
「欲しがりません勝つまでは」の標語。
ミッドウェー海戦に敗北し、戦争が敗勢に傾く。

昭和18（1943）年
学徒動員始まる。学生も戦争へ。
ジャズなど米英の音楽禁止。
物品税改訂（化粧品80%、シャンプー30%、歯磨20%）。

昭和19（1944）年
神風特攻隊、初出撃。
米軍機、日本本土の各地を爆撃。
学童疎開始まる。小学生たちを都会から田舎へ強制疎開させる。
女学生に戦時型制服。女子挺身隊。

昭和20（1945）年
東京大空襲。
米軍機により広島、長崎に原爆投下。
ポツダム宣言を受諾して、日本の敗戦が決まる。
8月15日、天皇の「玉音放送」。

参考文献

『新日本大歳時記カラー版　春・夏・秋・冬・新年』（講談社）
『図説俳句大歳時記　春・夏・秋・冬・新年』（角川書店）
『日本の歳時記　五十巻』（小学館）
『アサヒグラフ増刊号（1986年7月1日）「女流俳句の世界」』（朝日新聞社）
『毎日グラフ別冊「全景平成女流俳人」』毎日新聞社）
『鑑賞女性俳句の世界　①〜⑥』（角川学芸出版）
『女流俳句集成』宇多喜代子・黒田杏子（立風書房）
『女性俳人の系譜』宇多喜代子（日本放送出版協会）
『明治から平成まで　女性俳句の光と影』宇多喜代子（日本放送出版協会）
『女性俳句の世界』俳句研究編集部編（富士見書房）
『現代俳句女流百人』片山由美子（牧羊社）
『石川近代文学全集18　近代俳句』（石川近代文学館）
『北陸のキリスト教』梅染信夫編（金沢教会長老会）
『日本の使徒トマス・ウイン伝』（金沢教会長老会）
『女性俳句の世界』上野さち子（岩波新書）
『定型の魔力』大岡信・井上ひさし他（河出書房新社）
『新版現代俳句上下』山本健吉（角川選書）
『身辺歳時記』山本健吉（文藝春秋）
『俳句事典　鑑賞』（桜楓社）
『現代俳句ハンドブック』齊藤愼爾他編（雄山閣）
『俳句って何？』石寒太他編（邑書林）
『五音と七音の詩学』大岡信編（ベネッセ）
『二十世紀名句手帖1　愛と死の夜想曲』齊藤愼爾

編集（河出書房新社）
『生と死の歳時記』瀬戸内寂聴・齊藤愼爾（知恵の森文庫）
『俳諧史』栗山理一（塙選書）
『芭蕉の恋句』東明雅（岩波新書）
『百人百句』大岡信（講談社）
『日本の名俳句100選』金子兜太監修（中経出版）
『日本の恋歌　1～3』谷川俊太郎・吉行和子・中島みゆき編（作品社）
『詳解日本文学史』犬飼康他監修（桐原書店）
『壺中の天地』中岡毅雄（角川学芸出版）
『ライバル俳句史』坂口昌弘（文学の森）
『俳句のモダン』仁平勝（五柳書院）
『俳句が文学になるとき』仁平勝（五柳書院）
『俳句とエロス』復本一郎（講談社現代新書）
『女学校と女学生』稲垣恭子（中公新書）
『昭和のキモノ』小泉和子（河出書房新社）
『美人コンテスト百年史』井上章一（新潮社）
『むかしのおしゃれ事典』文学ファッション研究会（青春出版社）
『戦後ファッションストーリー』千村典生（平凡社）
『日本のファッション　明治・大正・昭和・平成』城一夫・渡辺直樹（青幻舎）
『100年前の女性のたしなみ』（マール社）
『朝日新聞100年の記事に見る①　恋愛と結婚』（朝日新聞社）
『二十世紀』橋本治（毎日新聞社）
『高学歴時代の女性』利谷信義他編（有斐閣選書）
『女性と社会』山田昇・江刺正吾編（世界思想社）
『女性と家族――近代化の実像』篠塚英子（読売新聞社）
『良妻賢母の誕生』清水孝（ちくま新書）
『「青鞜」を学ぶ人のために』米田佐代子・池田恵美子編（世界思想社）
『「青鞜」人物事典　110人の群像』らいてう研究会編（大修館書店）
『明治の結婚明治の離婚　家庭内ジェンダーの原点』湯沢雍彦（角川選書）
『家族と結婚の歴史』関口裕子他（森話社）

『女たちの銃後』加納実紀（インパクト出版会）
『女たちの戦争責任』岡野幸江他編（東京堂出版）
『モノと女の戦後史』天野正子・桜井厚（有心堂）
『雑誌の時代』尾崎秀樹・宗武朝子（主婦の友社）
『女性誌の源流』浜崎廣（出版ニュース社）
『夏目漱石』江藤淳（講談社）
『漱石とその時代　第一部〜第三部』江藤淳（新潮選書）
『私の作家評伝　Ⅰ〜Ⅲ』小島信夫（新潮選書）
『泣きどころ人物誌』戸板康二（文藝春秋）
『物語近代日本女優史』戸板康二（中央公論社）
『結婚百物語』林えり子（河出書房新社）
『今生のいまが倖せ……母、鈴木真砂女』本山可久子（講談社）
『鈴木真砂女読本』別冊俳句（角川書店）
『銀座・女将のグルメ歳時記』鈴木真砂女（文化出版局）
『今朝の丘／平塚らいてうと俳句』飯島ユキ（邑書林）
『「一九〇五年」の彼ら』関川夏央（ＮＨＫ出版新書）
『松本清張全集38』（文藝春秋）
『俳句とあそぶ法』江國滋（朝日出版社）
『国語辞典に見る女性差別』ことばと女を考える会（三一新書）
『暮らしの年表／流行語１００年』（講談社）
『モダン化粧史　粧いの80年』ポーラ文化研究所編
『シリーズ20世紀２女性』アサヒグラフ別冊（朝日新聞社）
季刊『「ｔｈｅ座」ｎｏ・59　俳句とは何か』井上ひさし（こまつ座）

谷村鯛夢【たにむら・たいむ】

一九四九年、高知県室戸市生まれ。

七二年、同志社大学文学部卒業。

「マイクック」「婦人画報」「25ansウエディング」「HOW TO MAKE UP」「トランタン」などの女性誌に編集者、編集長として長く関わり、
二〇〇五年より出版プロデューサー、コラムニスト。

「週刊 日本の歳時記」(小学館)、『芭蕉の晩年力』石寒太(幻冬舎)、『この一句 108人の俳人たち』下重暁子(大和書房)、イミダス電子版「和の心 暦と行事」など、携わった俳句系書籍、コラムも多い。

現在、俳人協会会員、現代俳句協会会員。

俳句結社「炎環」同人、「馬酔木」会員、俳句集団「粗々会」同人。

編集工房・鯛夢を主宰(谷村和典)。

胸に突き刺さる恋の句——女性俳人百年の愛とその軌跡

二〇一三年三月二五日　初版第一刷印刷
二〇一三年三月三〇日　初版第一刷発行

著者　谷村鯛夢
発行者　森下紀夫
発行所　論創社
東京都千代田区神田神保町二－二三　北井ビル
電話　〇三－三二六四－五二五四
ファックス　〇三－三二六四－五二三二
http://www.ronso.co.jp/
振替口座　〇〇一六〇－一－一五五二六六

装幀　宗利淳一＋田中奈緒子
編集協力　加藤真理
印刷・製本　中央精版印刷

 ISBN978-4-8460-1223-6 C0095